KB091210

아니요, 그건 빼주세요

 017 **싫어하는 음식**

아니요, 그건 빼주세요

;

저는 비빔밥을 좋아하지 않습니다. 질척한 밥에 진짜 맛없게 비벼진 비빔밥을 먹은 후로 어쩐지 비빔밥과 친해질 수가 없었어요. 싫어하는 음식의 역사는 이토록 정말 사소한 경험에서 시작되기도 합니다. 정말 맛있는 비빔밥을 맛보면 좋아하게 될 거라고요? 그냥 다른 거 먹을게요. 세상에 음식은 많고, 하나 정도는 마음껏 싫어해도 되지 않을까요? 싫어하는 음식에 대한 조금은 비뚤어진 신념, 거기엔 나름의 사연과 철학이 숨겨져 있습니다.

싫어하는 음식이 같은 사람끼리의 동류의식은 생각보다 끈끈한데요. 호불호가 강하기로 유명한 민트초코, 고수, 오이 같은 것이 대화의 주제로 등장하면 편 가르기 빅매치가 펼쳐지기도 합니다. 좋아하는 것만큼이나 싫어하는 것에도 꽤 진심인 분들이 많다는 걸 발견하는 순간이죠.

하지만 평소에 싫어하는 음식을 떳떳하게 밝히기란 생각보다 쉽지 않습니다. 자칫 까다로운 사람으로 보일까 봐 조심스럽기도 하고, 많은 사람에게 사랑받는 음식이라면 좀처럼 입이 떨어지지 않기 마련이니까요. 그래서 우리는 상대방이 싫어하는 음식을 알게 됐을 때 좀 더 가까워졌다고 느끼기도 합니다.

여기 띵 시리즈 작가들이 한자리에 모였습니다. 좋아하는 음식을 이야기할 때와는 분위기가 사뭇 다르네요. 뭔가 비밀 이야기를 몰래 듣는 기분마저 들고요. 호기심 뒤에 취향이, 취향 뒤에 가치관이 보이기 시작합니다.

어느 외근 나가던 날, 택시 뒷좌석에서 편집자와 이 기획에 대한 이야기를 처음 나눴을 때 "너무 재밌겠다!"를 서로 연발했던 기억이 기분 좋게 남아 있습니다. "이 책은 꼭 만우절에 내야 해요." "로고도 뒤집어서 인쇄하면 어떨까요?" 농담 같은 아이디어들이 마구 튀어나왔습니다. 이 책에 참여한 사람들 모두가 조금은 농담처럼 유쾌하게 또 신나게 만들었으니, 부디 여러분도 가볍고 즐겁게 읽어주시면 좋겠습니다. 물론 읽다 보면 몹시 진심을 발견하게 될 것이 분명하지만요.

좋아하는 것에 열광하는 만큼이나 싫어하는 것을 싫어한다고, "아니요, 그건 빼주세요." 당당하게 말하고 싶은 모든 분들께 이 책을 건넵니다.

Marketer 홍수현

차례 ———

단짠 말고 짠짠
단것

김겨울

유튜브 채널 〈겨울서점〉 운영자. MBC FM 〈라디오 북클럽 김겨울입니다〉 DJ. 작가. 띵 시리즈에는 '떡볶이'로 참여할 예정이다.

참으로 죄송한 고백을 이 자리에서 해야겠다. 고백의 대상은 지금까지 각종 강연과 행사 진행과 GV 자리에서 디저트류를 선물로 주거나 생일날 카카오톡 선물하기로 디저트류 기프티콘을 보낸 모든 분들이다. 그동안 참 많이도 받았는데…. 모두 저의 불찰입니다…. 하지만 단언하건대 선물로 받은 디저트류는 모두 충실히 맛봤다. 소중한 선물을 받았는데 감사한 마음으로 먹어보는 것이 도리인 법. 온갖 케이크와 초콜릿과 타르트와 구움과자와 쿠키와 빵 모두 빼놓지 않고 맛봤다. 문제는 여기서 내가 사용하고 있는 동사가 '먹었다'가 아니라 '맛봤다'라는 것이다.

죄송하게도, 사실 나는 단것을 좋아하지 않는다. 그 선물들은 모두 가족들이나 친구들과 나눠 먹었다. 혼자서 다 먹을 수 없는 양이었을뿐더러, 단것을 먹을 수 있는 용량이 보통의 사람들보다 훨씬 적은 나로서는 소화가 불가능한 양이었기 때문이다. 그래도 덕분에 나를 포함한 모두가 행복해했으니까, 선물을 준 사람들의 마음을 헛되이 하지는 않았던 게 아닐까 생각하고 있다. 진짜 소중한 건 나를 위해 고민하고 시간을 쓰고 수고를 했을 그 마음이니까.

　왜인지는 모르겠지만 어렸을 때부터 단것을 별로 좋아하지 않았다. 초콜릿을 좋아해본 역사가 없고 과자도 짠 과자만 좋아했다. 초코우유나 칸쵸나 홈런볼에 그다지 집착하지 않는 어린이 시절을 보냈다. 커피도 중학생 때부터 아메리카노만 마셨다. 고등학교 3학년 때 다니던 학원에서는 선생님이 꼭 쉬는 시간에 아이스크림을 돌렸는데, 나는 1년 내내 "저 안 먹어요."라고 말했다. 달달한 음료에도 큰 관심이 없어 인생을 통틀어 마신 바닐라 라테가 두 잔 정도 되는 것 같고, 배스킨라빈스에는 내 의지로 가본 적이 한 번도 없다. 콜라와 사이다도 1년에 한두 번 정도 마신다. 예외적으로 정말 굶주렸는데 당장 뭔가를 먹어야 하거나, 여행을 가서 이것저것 먹어보거나, 일행과 같이 있거나, 시험기간을 나거나, 아주 스트레스를 받을 때는 가끔 디저트류를 먹기도 했는데, 내가 핫초코를 홀짝홀짝 마시는 것을 보고 "무슨 일 있어?"라고 물어본 친구가 있다는 전설 같은 실화가 있다. (실제로 무슨 일이 있었다.)

음식 취향도 마찬가지여서 뚝배기불고기, 짜장면, 냉모밀 같은 단 음식을 좋아하지 않는다. 사람들은 내가 짜장면이 달아서 싫다고 하면 놀란다. 짜장면이 달아? 하지만 짜장면은 달다. 냉모밀도 달고, 불고기도 달다. 짜장면과 짬뽕 중에 고른다면 백 퍼센트 짬뽕이다. 냉모밀을 먹느니 매운 물냉면, 불고기를 먹느니 제육볶음이다. 거의 예외적으로 좋아하는 단 음식이 떡볶이와 양념치킨*인데, 그 와중에도 너무 단맛이 강조된 체인의 떡볶이를 한번 입에 넣었다가 못 먹고 그대로 뱉은 경험이 있다. 디저트가 단 것은 이해가 되지만 — 안 먹으면 되니까 — 끼니가 단 것은 용납하기가 어렵다. 끼니가 달면 불쾌하니까.

불쾌하다고? 단맛이 강조된 음식을 입에 넣을 때 내가 느끼는 감정은 불쾌감이다. 식욕이 뚝 떨어진다. 이걸로 배를 채우다니, 칼로리가 아까워. 이것보다 훨씬 맛있는 것으로 배를 채울 수 있는데. 나는 좀 짜든지 시든지 감칠맛이 나든지 맵든지 해야

---

* 지금은 비건이라 먹지 않는다.

맛있는 맛으로 인식하는 뇌를 가진 모양이다. 사람들이 단걸 좋아하기도 하고 보기에도 워낙 예쁘고 멋진 디저트가 많으니까 여러 번 시도해봤는데, 전부 한입 먹고 투항 깃발을 휘날려야 했다. 과일만 골라 먹거나 상큼한 부분을 골라 먹는 정도가 최선이었다. (얄궂게도 과일은 비교적 잘 먹는다.) 얼마 전에 친구와 함께 디저트를 먹다가 "이건 달지 않아서 괜찮다."라고 하자 친구는 세상에서 제일 어이없는 사람을 보고 있다는 표정을 지었다. 야, 어떻게 '달지 않다'와 '괜찮다'가 인과관계로 연결이 되냐? 야, 나는 안 달아야 먹을 수 있어. 그 친구와는 어릴 때도 비슷한 대화를 자주 나누곤 했다. 어으, 그 달달한 프라푸치노를 어떻게 먹냐? 너는 그 쓴 아메리카노를 왜 돈 주고 마시냐?

사실 단것을 싫어하는 건 좀 이상한 일일 수도 있다. 음식이 달다는 건 먹었을 때 뇌의 쾌락 중추를 건드린다는 뜻이고, 웬만하면 싫어할 수 없다는 것을 뜻한다. 탄수화물을 필수적으로 먹어야 하는 인간의 진화적인 해결책이랄까. 그래서 우리는 생일에 케이크를 나눠 먹고, 명절에 모여 한과를 나눠 먹는다. 사랑하는 사람과의 키스가 '달콤하다'고 표현한다. "그 사람 좀 달달해."라는 건 연애에 있어서 상대방에게 애정 표현을 많이 한다는 의미이고, "걔네 달달하던데."라는 건 둘의 관계가 아주 좋아 보인다는 뜻이다. 영어로도 'sweet'이라는 형용사에는 음식이 달다는 뜻뿐만 아니라 사람이 다정하고 상냥하다는 뜻도 있고, 가벼운 말로는 "그래, 좋아!"라는 동의의 뜻으로도 쓰인다.[*] 고된 노동이나 격한 운동 후에 마시는 물은 '꿀물'이고 '달다'. 인간의 대화에서 '달다'는 말이 부정적으로 쓰이는 경우는 거의 없다.

하지만 단맛을 싫어하는 '단싫파'는 엄연히 사회의 한 집단을 이루고 있다. 사람에 따라 과일도 싫어하는 사람, 음료수만 마시는 사람 등등 정도는 달라도 아무튼 단것을 싫어하는 사람들이 있다.[**] 누군가는 느끼해서 싫다고 하고, 누군가는 텁텁해서 싫다고 하고, 누군가는 그냥 그 맛 자체가 싫다고 한

[*] 그래서 심지어는 단것에 대한 선호도와 사회성의 관계를 다룬 논문이 외국에 있다. 단것을 선호할 수록 사회적 관계에도 신경을 많이 쓴다나 어쩐다나. 과연 과정이 엄밀한 연구인지, 논문의 타당성 검토를 해볼 필요가 있다고 본다. 뜨끔해서 이러는 건 아니다.
[**] 통념과 다르게 꼭 날씬하거나 마른 건 아닌 것 같다.

다. 인터넷에는 한번씩 "단거 싫어하시는 분들 계세요?"라는 글이 올라오고, 밑에는 단맛을 가차없이 규탄하는 댓글이 줄줄이 올라온다. 글을 올린 사람은 사람들이 실제로 단맛 자체를 좋아하지 않는다는 사실을 놀랍게 여기거나 — 단걸 취향으로 싫어할 수가 있어요? 건강상의 문제로 조절하는 게 아니라는 거죠? — 자기와 같은 사람들이 많다는 것에 안도감을 느낀다.

가만히 보면 댓글을 단 사람들도 세 가지 타입으로 나뉘는데, 맵고 짠 것을 선호하는 얼큰파와 모든 자극적인 음식을 별로 좋아하지 않는 싱겁파, 그리고 다 그럭저럭 잘 먹는데 단맛만 싫어하는 소외파다. 나는? 얼큰파와 소외파 사이에 있는 것 같다. 꼭 맵고 짠 것만 좋아하는 건 아니지만, 맵고 짜면 일단 좋아할 확률이 높다. 하얀 국물보다는 빨간 국물, 달달한 간보다는 차라리 맵고 달달한 간. 평소에 자주 먹는 건 토마토나 버섯 같이 감칠맛이 좋은 재료를 이용한 음식. 딸기나 블루베리 같은 과일은 즐겨 먹지만 딸기잼과 블루베리잼은 좋아하지 않는, 고소한 견과류나 곡물의 맛을 충분히 달고 맛있다고 느끼는 자연주의 입맛.

　그러니까 단걸 싫어하는 건 무슨 사회성에 문제가 있다거나 진화를 거부해서라기보다는 오히려 단맛을 민감하게 느끼기 때문인 것 같다. 쌀로 만든 떡도 충분히 달고, 갓 지은 밥도 충분히 달다. 정확히 말하자면, 그 정도면 딱 좋을 정도로 달다. 과일의 단맛은 향미가 풍부해 거부감이 들지 않는다. (그래도 시지 않고 달기만 한 체리는 도저히 못 먹겠다. 단맛만 무자비하게 강조된 샤인머스켓도 별로 안 좋아한다.) 자연이 주는 단맛이면 충분한데, 설탕과 버터와 연유와 시럽을 들이부어놓으니 못 먹고 나가떨어지는 것이다. 진화론적으로 말한다면 오히려 인간은 그런 인위적인 단맛을 즐기도록 진화하지 않았다고 말하는 게 맞을지도 모른다. 쾌락 중추의 반발이랄까. *음… 그러니까 탄수화물이 들어오는 건 좋은데, 이 정도까지 바란 건 아냐.*

　아무리 쾌락 중추를 건드리는 힘센 쾌락이라고 해도 필요 이상으로 들이부으면 좋아하기 어렵다. 넘치는 사랑을 준다고 해서 그 사람을 사랑하게 되는 건 아니고, 끝내주는 음악을 끝없이 들려준다고 해서 그 음악을 좋아하게 되는 건 아니듯이. 무엇이든 적당히, 회로가 과부하되지 않도록, 적당한 선에서 즐길 때 진심으로 그것을 사랑하게 된다. 물론 단맛은 절대 그럴 수 없다고, 달면 달수록 좋다고 하는 사람들이 있겠지만.

그게 사실일지도 모른다. 단맛은 절대 그럴 수 없을지도. 그래서 음식이 점점 달아지는 것일지도 모른다. 원래는 맵고 짭짤한 맛이 있어 제육볶음을 좋아했었는데, 얼마 전에 대체육으로 만든 비건 냉동 제육볶음을 두어 개 사서 먹어보았다가 너무 달아 간을 다시 맞춰야 했다. 달지 않은 것보다는 달달한 것이 단가를 낮추거나 맛을 적당히 얼버무리게 해주거나 소비자의 클레임을 줄여줄지는 모르지만, 이제는 좀 그만 달아져도 될 것 같다. 아니, 쓰고 보니 기업에게 너무 달달한 선택지네. 역시 그냥 고춧가루와 세미 드라이드 토마토와 구운 아몬드를 끌어안고 알아서 먹고살아야 하나보다.

단호하게, 유감입니다

민트초코

.

고수리

작가. 띵 시리즈에는 '고등어'로 참여해 『엄마를 생각하면 마음이
바다처럼 짰다』를 출간했다.

"어서 초콜릿을 먹어! 봐, 세상에 초콜릿 이상의 형이상학은 없어."

— 페르난도 페소아

초콜릿은 언제나 옳다. 페소아처럼 나도 초콜릿을 편애한다. 매일 한 조각씩 꺼내 먹는 초콜릿은 좋아하는 음식 이상의 기쁨이자 행복 같은 것. 아니, 그런 단순한 감정만으론 설명하기 부족하다.

말하자면 '초콜릿의 기분'이라는 것이 있다. 나는 하루에 딱 한 번, 글 쓸 때 초콜릿을 먹는다. 하루의 초콜릿을 기대하며 나서는 걸음, 공들여 그날의 초콜릿을 고르는 시간, 초콜릿 한 조각을 꺼내어 입안에 넣는 순간, 초콜릿을 혀끝으로 굴리며 느끼는 오감의 감탄, 이완되고 너그러워지는 마음. 초콜릿 하나로 이루어지는 이 모든 것을 포함하는 '초콜릿의 기분'을 나는 날마다 만끽한다. 그러니까 초콜릿은 뭐랄까. 내가 편애하는 생의 감각이다.

언제 어디서든 한 조각의 초콜릿이면 충분하다. 초콜릿을 베어 물자마자 나는 살아 있길 잘했다고 안도한다. 내 인생에 달콤함은 초콜릿만으로도 충분해. 사는 동안 여러 가지 이유로 내가 누릴 수 있는 것들을 하나씩 버려야 한다면, 커피조차도 제치고 마지막으로 남을 나의 유일한 애호품은 초콜릿일 것이다. 맛과 기분과 순간과 마음과 인생까지 즉각적으로 충만하게 만들어버리는 초콜릿은 언제나 옳다. 다만, 내가 페소아였다면 꼭 한마디는 덧붙였을 것이다.

"어서 초콜릿을 먹어! 단, 민트초콜릿은 말고."

민트에 유난한 감정은 없다. 그러나 민트초코만은 유감이다. 그러니까 '유감(遺憾)'이라는 이 적확한 표현을 찾아내기까지, 나는 민트초코를 싫어하는 이유를 백한 번쯤 생각해보았다. 매번 단 하나의 이유에 막혀버리긴 했지만.

"그냥."

그냥 싫어. 특별히 취향 까다롭지 않은 나는, 보통 사람들처럼 모든 호오에 '그냥'이라고 뭉뚱그려 이유 붙이는 사람이다. 좋은 것도, 싫은 것도. 그냥 좋아, 그냥 싫어. 그런데 싫어하는 마음을 생각할수록, 호오의 마음에서 '그냥'의 뉘앙스는 한끗 차이로 다르다는 걸 알았다. 소리 내어 읽어보시길. '그냥' 좋아. '그냥' 싫어.

　가챠머신이라는 게 있다. 문방구 앞에 한두 개씩은 있었던 뽑기 기계 기억하시는지. 동전을 넣고 레버를 '철컥(가챠, ガチャ)' 하고 돌리면 캡슐에 든 장난감이 나오는데, 어떤 캡슐이 나올지 몰라 자꾸만 돌리게 되는 매력적인 아이템 뽑기 기계다. 생각해보니까 좋아하거나 싫어하는 마음이란 게, 그에 대한 세세한 이유들이 든 캡슐로 가득 찬 가챠머신 같다.

　좋아하는 마음의 이유를 따지는 일은 즐겁다. 하나둘 레버를 돌리며 귀엽고 즐거운 이유들을 뽑아볼 수 있다. 예상 가능한 범주 안에서 분명히 무언가는 나올 테니까. 어떤 이유로 내가 이걸 좋아했더라 기대하며. 맞아, 내가 그래서 이걸 좋아했지 흐뭇해하며. 좋아하는 건 떠올리는 그 자체만으로도 그저 좋은 것이니까.

그러나 싫어하는 마음은 따져 물을수록 질색이다. 내용물이 보이지 않는 캡슐이 입구에 꽉 막혀서 고장 나버린 가챠머신 같다. 싫어하는 이유에 대해선 이성적인 생각 자체가 불가능하다. 꽉 막혀 고장 난 마음에 이유를 뽑는 레버조차도 돌리기 싫은 것이다. 싫어하는 데 이유가 왜 필요해? 굳이 이유를 왜 알아야 해? 싫어하는 건 꼴도 보고 싶지 않은 게 솔직한 마음이니까.

'그냥 좋아.'와 '그냥 싫어.'는 막연히 '그냥'이라고 퉁치고 싶은 마음의 의도 자체가 달랐다. 그러니까 이런 마음으로, 나는 민트초코가 그냥 싫었다. 그렇지만 나에겐 민트초코를 싫어하는 마음을 표명하는 이 글을 완성해야 할 의무가 있으므로, 가까스로 내 마음 가챠머신을 달래어 왜 내가 민트초코를 싫어하는지 골똘히 생각해보았다. 지극히 사적이고 주관적으로 싫어하는 이유들. 민트초코를 향한 내 마음 가챠머신을 돌려본다.

도로로. 나는 민트초코의 맛이 싫다. 민트에는 묵직하고 진한 초코의 농도가 완전 안 어울린다. 초코는 입을 꼬옥 다물고 혼자서 음미하는 허밍 같은 맛이다. 반면 민트는 입술을 오므려 바람을 만들어 부는 휘파람 같은 맛. 휘파람 같은 민트에는 가볍고 옅고 투명한 농도의 것들이 어울린다. 이를테면 민트사탕, 민트껌, 민트티 같은 것들. 묵직하고 진한 농도와 여운을 나 홀로 허밍하듯 음미하는 초콜릿에, 휘파람 같은 민트라니. 휘유우우, 경솔한 맛에 바람이 샌다.

도로로. 나는 민트초코의 색이 마음에 안 든다. 민트와 초코의 입장에서 각자 어울리는 퍼스널 컬러를 한번 골라보자. 민트에는 밀크화이트, 연노랑, 라벤더, 파스텔블루, 라이트그레이처럼 푸른 하늘 아래 여름이 반짝 떠오르는 파스텔 톤의 청량한 색깔이 어울린다. 초코에는 크림, 로즈, 올리브, 퍼플, 와인, 카멜처럼 모닥불 앞 가을이 떠오르는 따스한 색깔이 어울린다. 민트가 여름 쿨톤이라면 초코는 가을 웜톤. 민트색은 초코색이랑 정말 안 어울린다. 초코 특유의 차분하고 따스한 무드에 민트가 스며드는 순간, 초콜릿 고유의 색이 괴상해지고 마는 것이다.

지금껏 크림색 우유도 핑크색 딸기도 연갈색 아몬드도 검은색 쿠키도 이토록 심각하게 초코의 색을 해친 적은 없었다. 그러나 민트색은 초코를 너무나 엉뚱하게 괴상하게 만든다. 초코에 민트라니!

도로로. 나는 민트초코의 기분이 섭섭하다. 대단한 결심이었다. 이 글을 완성하기 위해 난생처음 자발적으로 민트초코를 사보았다. 마음에 들지 않는 괴상한 민트초코색 포장지를 벗겼다. 민트초콜릿한 조각을 꺼내어 먹어보았다. 치약을 힘주어 짠 듯한 강렬한 맛, 입안에 씁쓸하고 화한 바람이 몰아친다. 민트향이 강해서 코끝까지 찡. 저절로 미간이 구겨진다. 가까스로 입안에 굴리며 느껴보는 오감. 민트초코가 어서 사라져주기만을 바라며 그 시간을 견딘다. 색과 맛과 향 모두 민트가 지나치게 강해서, 이것은 초코의 맛이 아니라 민트의 맛에 가깝다. 따뜻하지도 시원하지도 않고, 묵직하지도 가볍지도 않고, 달콤하지도 씁쓸하지도 않은 이도 저도 아닌 애매한 맛. 절대 초콜릿의 맛이 아니다. 이것은 내가 편애하던 초콜릿의 기분도 아니다. 민트는 오히려 초콜릿의 기분을 망친다. 나는 이 지점이 너무너무 섭섭하다.

도로로. 나는 민초파와 반민초파의 편 가르기가 불만스럽다. 평생 초코 애호가로 살아온 나는 민트초코를 혐오하거나 배척하지 않는다. 그럴 생각조차 한 적이 없다. 왜냐하면 민트초코는 애초부터 나에게 초콜릿이 아니었으니까. 한마디로 민트초코는 내 안중에도 없었다. 민트초코에게 반대 의사를 표명하거나 그럴 까닭조차 없었다. 그런데, 나는 가만히 있었을 뿐인데, 언제부턴가 나는 '반(反)' 민트초코파, 즉 반민초파로 불리고 있었다. 초콜릿에 관해선 매우 순수하고 강직한 신념을 가진 내가, 아마도 민초파가 만들었으리라 추측되는 '반민초파'라는 매우 고리타분하고 배타적인 어감의 당파로 몰렸을 때의 당혹스러움이란! 몹시 억울하다.

이쯤이면 내가 얼마나 순수하고 강직하게 초콜릿을 좋아했는지 고백해야 할 것 같다. 해외여행 가서 텀블러나 마그네틱 모으기는 고사하고 기념 엽서

조차도 사지 않는 내가, 자발적으로 유일하게 누린 호사는 초콜릿이었다. 지금도 떠올리자면 가슴이 웅장해지는 기념할 만한 추억이 있다.

스위스 융프라우에 갔던 날, 산맥 꼭대기에 오르는 기차를 타고 나는 세상에서 가장 높은 곳에 있다는 초콜릿 가게에 갔다. 린트 스위스 초콜릿 헤븐(Lindt Swiss Chocolate Heaven). 이름마저 초콜릿 천국이었다. 그곳은 고도가 너무 높아서 산소가 부족했다. 설렘과 기쁨으로 도곤도곤거리는 가슴을 애써 진정시키며 나는 침착하게 숨을 쉬어야 했다. 마치 달에 착륙한 우주인처럼 초콜릿 헤븐에 진열된 초콜릿들을 뭉클하게 바라보았다.

구름 위, 하늘과 가장 가까운 초콜릿 헤븐에서 신중히 고른 초콜릿을 30만 원어치 샀다. 여행가방에 고이 담아 온 초콜릿은 누구에게도 주지 않았고, 두 달 동안 혼자서 다 먹었다. 하나씩 초콜릿을 까먹는 동안 몸무게가 5킬로그램 증가했을지언정 나에겐 50년이 지나도 잊을 수 없을 천국 같은 시간이었다. 그때 나는 말하겠지.

"나는 초콜릿 천국에 다녀온 적이 있어."

초콜릿이 너무 좋아서 민트초콜릿이 너무 싫다. 민트초코에 대한 나의 마음은 훨씬 복잡하게 싫다. 좋지 않다. 마음에 안 든다. 성에 안 찬다. 섭섭하다. 불만스럽다. 언짢다. 억울하다. 솔직히 가끔은 밉다. 민트초코를 생각하면 내 마음 어디께에 무거운 민트초코색 돌이 짓누르고 있는 기분이 든다. 마음에 차지 아니하여 섭섭하거나 불만스러운 느낌이 내내 남아 있다. 한마디로, 유감스럽다.

마지막으로, 정말 마지막으로 민트초코에 대한 내 마음 가챠머신을 돌려본다. 도로로. 굴러 나온 마지막 캡슐을 연다. 자, 이제 나는 어떠한 미사여구도 없이 깨끗하게, 단호하게 말하겠다. 민트초코 유감.

낯가림을 다지는 법, 아시나요

회식

김민철

광고회사 크리에이티브 디렉터. 작가. 띵 시리즈에는 '치즈'로 참여해 『치즈 맛이 나니까 치즈 맛이 난다고 했을 뿐인데』를 출간했다.

"띠링."

아직 해도 다 뜨지 않은 이른 새벽, 휴대폰에서 문자 알림음이 울렸다. '누구지? 이 새벽에?' 일출을 보기 위해 부지런히 성곽 위로 오르던 발걸음을 멈추고 휴대폰을 꺼내 문자를 확인했다.

― 곧 전사 송년회를 시작합니다. 모두 업무를 마감하시고 송년회 장소로 모여주세요.

무슨 송년회를 그렇게 이른 새벽에 시작하냐고? 무슨 그런 회사가 다 있냐고 욕하지 말라. 이야기를 끝까지 들어보라. 지금은 12월 30일 새벽 6시 30분. 내가 있는 곳은 포르투갈 마르방. 버스도 다니지 않는 깡시골. 여기에서 송년회가 열리는 회사 앞 레스토랑까지는 무려 1만 킬로미터. 지금 송년회 장소까지 가려면? 우선 택시를 불러 근처 큰 도시에 도착해서, 리스본행 버스를 타고, 리스본에선 공항 가는 버스로 갈아타고, 리스본공항에서 비행기로 유럽 큰 도시까지 가서, 또 비행기를 갈아타고 인천에 도착해서 다시 공항버스를 타야만 한다.

결론은? 지구가 반쪽 나도 나는 올해 송년회에 갈 수 없다. 절대 갈 수 없지. 웃음이 절로 나왔다. 올해도 성공했다. 올해도 무사히 도망친 거다. 송년회로부터.

믿을 수 없을 것이다. 해마다 연말이 되면 치앙마이로, 교토로, 포르투갈로, 이탈리아로 떠나는 이유야 차고도 넘치지만 그중 하나가 송년회에 불참하기 위해서라고 말한다면 누가 믿어줄 것인가. 17년째 송년회라는 단어 앞에서 얼어붙는다고 말하면 누가 이해해줄 것인가. 송년회뿐만이 아니다. 전사 회식, 본부 회식, 오래된 동료 송별회, 새 동료 환영회까지, 사람이 좀 많이 모인다 싶은 식사 자리는 어김없이 불참이다. 코로나19로 사회적 거리두기가 시행되기 훨씬 전부터 나는 거리두기만은 철저하게 지키며 살아왔다. 모범시민도 이런 모범시민이 없다. 모범직원인지는 잘 모르겠지만.

"팀장님, 진짜 안 가세요?"

팀장이 되고서는 팀장도 없이 송년회에 참석해야 하는 팀원들을 보며, 위험한 정글 속으로 자식들을 등 떠미는 매정한 어미의 기분이 되어 약간의 죄책감을 느낀 시절도 있었다. 자기는 가지도 않는 송년회에 팀원들을 보내다니.

하지만 그건 오로지 나만의 착각이라는 걸 깨닫는 데는 그다지 오래 걸리지 않았다. 팀원들은 놀랍게도, 송년회를 기다리고 있었고, 어느 정도 들떠 있었고, 드레스 코드 같은 걸 맞추며 깔깔거리고 있었던 것이다. 올해엔 근사한 상품의 주인공이 될 수 있지 않을까 약간의 기대도 하면서 말이다. (17년째 단 한 번도 선물 추첨에 당첨된 적이 없는 나는 그런 기대 같은 건 이미 버린 지 오래다.) 송년회를 좋아할 수 있다니. 그토록 사람들이 많은 곳을 즐길 수 있다니. 나는 마치 다른 언어를 쓰는 외계 생명체를 바라보는 기분으로 그들을 지켜보았다. 물론 그들은 나를 기이하게 자란 음지 식물처럼 바라보았겠지만.

내향성은 회사에 들어오면서 갑자기 생긴 것이 아니다. 이 성향에도 유구한 역사가 있다. 대학교

1학년 1학기 때 신입생 환영회 도중 화장실로 도망 갔다가 붙잡혀 돌아갔던 기억은 아직도 생생하다. 대학교 3학년 때는 2주 전에 편입한 친구가 자신보다 내가 과 선후배를 더 모른다는 사실에 기겁해 나를 편입생 환영회에 끌고 간 적도 있었다. (유난히 외향적인 친구였다. 나에게 말을 걸 정도였으니.)

이후에도 이 성향은 좀처럼 변하지 않아서, 가까운 친구들의 출판기념회(라고 해봤자 동네 친구의 테이블 딱 네 개인 와인바에서 조촐하게 열리는 술자리)에서도 낯선 사람들(이라고 하지만 다 내가 좋아하는 작가님들)을 못 참고 부엌 구석으로 도망쳐서 한참이나 앉아 있다가 집에 돌아온 기억도 있다. 해외 출장을 갔을 때, 그곳에서 해야 하는 영어 프레젠테이션보다 나를 더 겁에 질리게 한 것은 워크숍 전날 있었던 '밍글링 세션(mingling session)'이었다. 밍글링이라니. 사교라니. 밥과 술을 놓고 이야기하며 친해지다니. 그것도 영어로. 얼마나 진지하게 고민했는지 모른다. 아프다고 거짓말이라도 해야 할까. 처음 온 해외 출장을 거짓말로 시작해도 되는 걸까.

유난이라고? 안다. 뭘 그렇게까지 그러냐고? 내 말이 그 말이다. 그런 성격으로 어떻게 일을 하고 회사를 다니고 팀장이 되었냐고? 그게 미스터리다. 수줍음이 많냐고? 웬만해선 떨지도 않는다. 300명 앞에서 강의를 해야 할 때도, 대단한 회장님 앞에서 프레젠테이션을 해야 할 때도 떨기는커녕 긴장도 잘 안 한다. 회의실에서는 어찌나 적극적인지, 늘 제일 먼저 의견을 개진하고, 심지어 호전적이다. 낯선 사람과 일 이야기를 해야 한다고? 그럼 제일 적극적으로 돌변하는 사람이 바로 나다.

그러니까 문제의 핵심은 '낯선 사람들'이 아닌 것이다. '낯선 사람들+이야기=일' 공식 앞에서는 이토록 당당한 사람이 '낯선 사람들+밥/차/술=친교'라는 공식 앞에서는 내내 혼자 살던 굴에서 막 빠져나온 사람처럼 얼어붙어버리는 것이다. 내향인의 극지방에, 칼바람 속에, 나 홀로 내던져지는 것이다. 이 글을 읽는 사람 중에 나에게 공감하는 사람이 있을까? 이런 유의 내향성을 가진 사람이 나 말고 또 있을까?

영어로는 이런 사람을 '월플라워(wallflower)'라고 부른다. 파티에서 인기 없이 벽에 붙어 있는, 그러니까 벽지의 꽃과 하나 된 사람. 쉽게 우리 표현으로 말하자면 '꿔다놓은 보릿자루'. 더 직설적으로 말해보자면, 바로 나. 내향인으로서 나는 언제나 어느 정도 모자란 것 같은 느낌을 가지고 산다.

하지만 유독 회식 자리에서 그 느낌은 죄책감으로 돌변한다. 다들 저렇게 수다를 잘 떠는데 나는 왜 할 말이 없지. 왜 나는 가벼운 수다도 떨지 못하고 이렇게 진지하기만 하지. 저렇게나 순식간에 다들 친해지는데 나는 왜 어색하지. 어떤 주제를 꺼내야 할까. 이 테이블에 앉은 모두가 즐거워질 수 있는 주제는 뭐가 있지. 차라리 오늘 나온 음식 이야기를 할까. 부침개에 대해 할 말이 뭐가 있지? 저쪽 테이블에서는 웃음소리가 끊이질 않네. 이 테이블은 나 때문에 큰일이네. 월플라워라도 되고 싶지만, 요즘 벽지엔 꽃도 없고 어쩐다. 역시 안 오는 게 좋았을걸. 좀 더 적극적으로 거절했어야 했어. 다음부턴 오지 말자. 그나저나, 오늘은 어떻게 여기를 자연스럽게 빠져나가지?

어쩌다 보니 회식 기피자가 되어버렸다. 아니, 당연하게도 회식 기피자가 되었다고 해야 하나? 술을 마시더라도 회식은 피해서 마시고, 사람들과 어울리더라도 여러 명이 어울리는 자리는 피해서 다니는 사람. 평생 어묵을 싫어한다는 걸 밝히며 살았는데 그건 나에게 어떤 타격도 주지 않았다. 타격은커녕, 떡볶이를 먹을 때 환영받는 존재가 되는 데 기여하기도 했다. (많은 사람들이 떡볶이의 떡보다 어묵을 더 좋아한다는 사실을 알았을 때 정말 큰 충격을 받았다.)

하지만 회식 기피자라는 걸 밝히면 상황은 조금 달라진다. 사회생활은 일만 잘해서 되는 게 아니고, 동료들과도 잘 어울리고, 인맥도 쌓아야 하고, 두루두루 잘 어울려야 한다는 이야기를 얼마나 많이 들었는지. 성공하긴 글러먹었다는 시선을 얼마나 자주 받았는지. 하지만 그게 무엇보다 어려운 나 같은 사람도 있는 걸 어떡하나. 편식을 고치기 위해 싫어하는 음식을 잘게 다져서 다른 재료들과 함께 먹는 방법도 있다지만, 회식 기피는 도대체 어디서부터 고쳐야 할까? 낯가림은 어떻게 다지는 걸까? 수다력을 양념처럼 끼얹는 방법은 없나? 테이블 위에 내가 죽고 못 사는 치즈들을 잔뜩 뿌려놓으면 회식을 좋아하게 될까? 회식을 좋아하는 사람이 되는 레시피가 있긴 할까?

결론부터 말하자면, 그런 길은 없었다. 적어도 나는 찾지 못했다. 가장 깔끔한 길은 내가 이렇게 생겨먹은 사람이라는 걸 인정하는 것. 회식 기피를 나의 한계로 인식하지 않고, 나의 상태로 받아들이는 것. 고난 극복 신화? 그런 건 얼마든지 당신에게 양보하겠다. 나는 나를 극복하지도, 친밀함에 편입되기 위해 무리하지도 않기로 했다. 일 앞에서 무리하는 것만으로도 인생은 너무 피곤하니까.

그래도 팀 사람들과 친해진 덕분에 어느 순간 그들과의 회식 자리는 무난히 참석할 수 있는 정도까지는 되었다. 그건 순전히 우리가 매일 아홉 시간씩 만나서 일을 하고 회의를 하고 점심을 먹고 커피를 마시며 친해졌기 때문에 가능한 일이었다. 거기에 6개월에 한 번 정도로 회식 횟수를 조정했더니, 회식 감칠맛이 더 높아졌기 때문이기도 하고. 1년에 딱 한 명의 친구를 사귀었던 어린이는 커서 딱 네 명의 팀원과만 회식할 수 있는 어른이 되었다. 기특해라. 여기까지나 왔다.

회식 기피자로서 사회생활에 지장이 없냐고? 전혀. 내가 정말로 친하게 지내는 사람들은 회식 자리에서 친해진 사람이 아니다. 친하게 지내는 사람이 있긴 있냐고? 그럼. 극소수이지만 몇 명에게 기대어 아직도 무사히 회사 생활 중이다. 이토록 오래. 회식 기피자가 좋을 때도 있냐고? 물론. 가끔 회식에 참석할 때는 엄청 생색을 낼 수도 있고, 회식에 기댄 인간관계가 아닌지라 코로나 시기에도 전혀 타격이 없다. 심지어 요즘은 회식을 안 하면 '좋은 팀장'으로 분류되기도 한다. 이건 정말 꿀이득이 아닐 수 없다.

아, 그러고 보니 나는 꿀도 싫어하네?

ENFJ의 소심한 고백

닭

신지민

《한겨레 신문》 기자. 띵 시리즈에는 '와인'으로 참여할 예정이다.

당신의 MBTI는 무엇인가요? 성격 유형에 대한 이야기를 먼저 꺼내는 데는 다 이유가 있다. 나는 누군가에게 '이것'을 싫어한다고 말하는 것에 약간의 두려움이 있다. 채식주의자라서 고기 자체를 먹지 않는 경우를 제외하곤 이 음식을 싫어하는 사람을 아직까지 단 한 번도 보지 못했다. 세상 모든 사람이 다 좋아해도 나만 싫어할 수 있는 음식이 있을 수는 있다. 그런데도 말을 꺼내기 두려운 이유는 내가 ENFJ라서다.

ENFJ를 딱 한마디로 정의하자면 인류애가 넘치는 오지라퍼다. 그만큼 남에게 관심도 많고 배려도 잘 해주지만, 내가 배려받거나 유난스러워 보이는 걸 못 견딘다. 착한 척이 아니다. ENFJ는 자기가 좋아서, 자신의 효능감을 느끼기 위해 남을 배려하고 싶어 한다. 다른 사람이 못 먹는 음식, 좋아하지 않는 음식도 미리 알아뒀다가 메뉴 선정에서 제외하고, 미처 몰랐다면 미안해하고 다음에 꼭 기억해둔다. 반면 내가 좋아하지 않는 음식을 피하느라 다른 사람들이 먹고 싶은 걸 못 먹게 되는 상황은 절대 견디지 못한다. 나 하나 때문에 다수의 사람들이 그렇게 좋아하는 음식을 못 먹는 건 인류애에 반하는 일이니까! 도대체 어떤 음식이기에 인류애까지 나오나 싶겠지만 누구나 바로 수긍할 것이다.

그렇다. 치킨을 포함한 닭 요리다. 치킨과 닭은 같은 말이지만 다른 음식이다. 맥주와의 환상 궁합인 닭을 튀긴 그 음식은 치킨이라고 불러야 맞다. 닭을 재료로 한 요리를 안 좋아할 순 있어도 어떻게 치킨을 안 좋아하냐고? 의문이 들지도 모른다. 내가 치킨을 좋아하지 않는다고 털어놓았을 때, 사람들의 반응은 둘 중 하나였다.

첫째, 채식주의자야? 아니다. 고기 좋아한다. 육식을 멀리하기 위해 닭이라도 먹지 않는다고 포장할 수도 없을 만큼 다른 육류를 자주 많이 먹는다. 둘째, 튀긴 음식을 안 좋아해? 아니다. 튀김 환장한다. 떡볶이에 김말이튀김, 고추튀김, 핫도그는 필수. 햄버거에 감자튀김은 또 어떻고. 치즈 돈가스도 완전 사랑합니다.

나는 언제부터 닭, 특히 치킨을 좋아하지 않게 됐나. 분명 나도 치킨을 좋아하던 시절이 있었는데 말이다. 가족끼리 치킨을 시켜 맛있게 먹었던 기억도 있고, 친구들과 치맥을 즐긴 기억도 있다. 그럼 그때 나는 좋아하지 않는데 좋아하는 척을 한 걸까. 아니면 취향이 바뀐 걸까.

결정적인 사진 한 장이 치킨과 나를 멀어지게 만들었다. 취업 준비생이던 어느 날, 우연히 인터넷에서 한 사진을 보게 됐다. 닭에게 억지로 약을 먹여 엄청난 크기로 키운 모습이었다. 날개에서만 치킨 열 조각도 나온다고 했다. 한 번 보고 너무 큰 충격을 받아서 기억이 왜곡됐을지도 모르겠다. 그러나 내겐 '날개가 열 개 달린 엄청나게 큰 닭'의 이미지가 아직도 생생하다. 그때 이후로 치킨을 못 먹었다. 먹고 싶지 않았다. 하지만 당시 취준생에게 치킨만큼 배부르고 맛있는 것도 없어서 이런 말을 꺼내면 비난부터 받았다. 유난스럽다는 거였다.

그러다 취직을 했다. 더욱 어려운 상황에 부딪혔다. 취준생은 먹기 싫으면 안 먹을 수라도 있지. 직장인의 회식엔 선택권이 없었다. 부장님이 "오늘 치맥 할까?" 하면 무조건 "좋아요!" 해야 하는 것이 어른의 일이었다. 강남역 근처 한 치킨집에서 자주 회식을 했는데 치킨을 좋아하지 않는다고 말할 수는 없었다. 다행히 치킨과 함께 감자튀김이 나왔었는데, 감자튀김만 열심히 집어 먹었던 기억이 난다. 분위기가 무르익으면 슬쩍 골뱅이 소면도 시킬 수 있었다.

이렇게 3년간 회식 때마다 치킨 한 조각 먹지 않고 지냈는데, 더 놀라운 건 아무도 내가 치킨을 먹지 않는다는 걸 몰랐다는 거다. 치킨은 그런 음식이다. 좋아하지 않을 거라고 상상도 못하는, 눈앞에 있으면 서로 먹느라 바빠 다른 사람이 계속 사이드 메뉴만 집어 먹는지 어쩌는지도 모를 그런 음식.

치킨을 안 먹게 되면서 자연스럽게 닭이라는 재료 자체도 나와 맞지 않다는 걸 깨달았다. 어릴 때 나는 복날을 아주 싫어했는데, 저녁 메뉴가 삼계탕이었기 때문이다. 하얗게 삶은 닭, 그 닭고기를 먹는 게 너무 싫었다. 날개고 다리고 부위에 상관없이 다 싫었다. 엄마는 그런 내게 친절하게 살을 발라주기까지 했지만 죽만 겨우 먹었다. 대체 이게 왜 몸보신에 도움이 된다는 건지 도무지 이해할 수 없었다.

그러다 본격적으로 체질에 안 맞는다는 사실을 알게 된 건 굴욕적인 추억 덕분이었다. 한 친구와 썸을 타다가 사귀기로 하고 첫 데이트를 하던 날이었다. 그의 단골집인 닭곰탕집에 갔다가 한강을 산책하기로 했다. 난생처음 먹어본 닭곰탕은 얼큰하고 꽤 맛있었다.

그때까진 좋았는데 한강에 가자마자 문제가 생겼다. 당장 화장실로 달려가고 싶었다. 그런데 왜 하필 여긴 한강인가. 당장 눈에 보이는 화장실도 없었고 택시를 타고 화장실이 있는 건물로 가려고 해도 한참 걸어서 도로까지 나가야 했다. 첫 데이트에 나 지금 너무 급하다고 말하고 싶진 않아서 억지로 조금 더 걸어보았지만, 데이트고 뭐고 당장 내가 죽을 것 같았다. 나는 절박하게 지금 당장 화장실을 찾아달라고 말했고, 그와 나는 화장실을 찾아 미친 듯이 뛰었다. 볼일을 다 보고 나선 너무 부끄러워서 이 연애를 관둬야 하나 하는 생각까지 들었지만, 생리 현상은 내 잘못이 아니니까 어쩔 수 없었다고 스스로를 위로했다. 그때까지만 해도 닭곰탕이 문제라고는 전혀 생각하지 못한 채.

　하지만 다음 데이트에서도 닭은 문제가 됐다. 이번 메뉴는 라멘이었다. 한강에서의 추억이 너무나도 강렬해 다음 코스엔 한강을 넣지 않았다. 라멘을 먹고 홍대였나, 대학로였나 어느 골목을 함께 걸었다. 또 얼마 지나지 않아 신호가 왔다. 이번에도 정말 급했다. 지금 떠올리면 어떻게 두 번 연속, 그것도 사귄 지 얼마 되지 않은 남자친구 앞에서! 시트콤 같은 설정 아닌가 싶다. 그런데 아직까지 생생한 실화다. 이번에도 또 화장실이 급하다고 말하기엔 너무나도 민망해서 아무렇지 않은 척 화장실을 찾기 위해 이리저리 눈을 돌렸다. 그러나 골목길에 있는 건물들은 대체로 화장실이 눈에 띄지 않거나 문이 잠겨 있는 경우가 많았다. 식은땀을 흘리는 나를 보고, 그 친구는 눈치를 챘고 함께 화장실을 찾아주었다. 화장실에서 나온 이후부터 내 별명은 '장 트라볼타'가 되어 있었다. 억울했다. 위장 하나는 튼튼하다는 자부심이 있던 나였다.

　원인은 라멘의 육수에 있었다. 그 집은 닭으로 육수를 내는 집이었다. 아니, 세상에. 돼지도 아니고

소도 아니고 닭으로 육수를 낸단 말이야? 그 사건이 아니었으면 라멘을 먹을 때 무엇으로 육수를 내는지 관심을 가질 일은 없었을 것이다.

　정말 체질적으로 내가 닭과 안 맞는 것은 아닐까? 닭을 먹지 않을 정당한 이유를 찾고 싶은 마음에 8체질 한의원에도 가봤다. 맥을 짚어본 한의사는 내게 '금음체질'이라는 사형선고를 내렸다. 금음체질은 모든 종류의 육식이 맞지 않고 해산물이 몸에 좋다고 했다. 체질상 닭이 맞지 않는 건 사실이었다. 그러나 모든 육류가 맞지 않는다고? 그럼 소를 먹어도 돼지를 먹어도 닭개장과 닭육수 라멘을 먹었을 때처럼 장 트러블이 생겨야 맞지 않나. 결국 닭과 장 트러블의 상관관계는 우연이었는지도 모르겠다. 하지만 그 후로 닭개장도, 닭 육수로 만든 라멘도 먹지 않고 있다. 그리고 고기를 끊으라고 한 8체질 한의원도 끊었다.

　닭을 먹지 않는 나 때문에 가장 피해를 보는 사람은 나의 최측근, 그러니까 동거인인 자매님이다. 거의 모든 음식의 유혹에 잘 넘어가는 나지만 치킨을 먹자고 하면 단 한 번도 좋다고 한 적이 없으니, 자매님은 언젠가부터 치킨을 제안하지 않았다. 나에 겐 치킨이 선택지에 없는 음식이었으므로, 자매님의 치킨 생활에 대해서도 크게 관심을 두지 않았다. 하지만 내가 몰랐던 사실이 있었으니, 자매님은 내가 야근을 하는 날이면 주로 치킨을 시켜 먹었고 우리 집 냉동실엔 언제나 남은 치킨이 있다는 것. 에어프라이어에 몇 분만 돌리면 갓 튀긴 것처럼 바삭하다 하니 얼마나 감사한가. 같이 치킨을 먹어주지 못해 미안한 마음도 조금 있었는데 에어프라이어의 존재는 내게도 감사한 일이다. 에어프라이어 만세.

또 다른 피해자는 남자친구다. 지금까지 만났던 남자친구 중에 치킨을 좋아하지 않는 남자는 한 명도 없었다. 특히 충격적인 닭 사진을 보기 직전에 만났던 남자친구와는 무려 치맥을 하며 가까워졌다. 함께 먹은 첫 메뉴가 치킨이었는데, 갑자기 치킨을 먹고 싶지 않다는 나를 보고 처음엔 '이러다 말겠지.' 가볍게 생각했던 것 같다. 그렇게 그 친구와 3년을 만났고, 단 한 번도 치킨을 먹지 않았다. 나중에 그는 "첫 메뉴가 치킨이었는데 어떻게 단 한 번도 치킨을 안 먹어주냐. 사기 연애 아니냐?"라는 농담까지 했을 정도니 서운한 마음도 있었을 것이다.

하지만 그에게 말해주고 싶다. 당신은 나와 치킨을 먹은 마지막 남자라는 사실을. 그 이후로 지금까지 그 어떤 남자친구와도 치킨을 먹은 적이 없으니 말이다. (이 자리를 빌려 모든 구남친들에게 사과와 감사의 뜻을 전하고 싶다. 나의 취향을 존중해준 것이 아니라, 치킨을 같이 먹을 사람은 많고 나와는 치킨 외에도 먹을 음식이 너무 많아서 그랬는지도 모르겠지만. 그래도 다 미안하고 고맙다.)

이렇게 식사를 자주 같이하는 최측근을 제외한 다른 사람들에겐 채식주의자도 아니면서 닭을 좋아하지 않는다는 사실을 밝히기가 정말 어렵다. 아직도 친한 친구들조차 "아, 너 닭 안 좋아했지?" 되물을 정도니까. 종종 내가 싫어하는 음식이 닭이 아니라 오이였다면, 고수였다면 얼마나 좋을까 하는 생각도 든다. 온라인에서 나처럼 닭을 좋아하지 않는 사람들의 모임도 찾아봤지만 없는 걸 보니 흔치 않은 취향임에 틀림없다.

충격적인 닭 사진을 본 것이 정확히 2011년, 그러니까 벌써 닭을 좋아하지 않게 된 것도 10년이 넘었다. 하지만 "나는 닭을 좋아하지 않는다."고 명확하게 말해본 적은 한 번도 없다. 이 글을 통해 처음으로 용기 내어 말해본다. 나는 닭을 좋아하지 않아요. 아니, 닭이 싫어요.

이렇게 말을 해놓고도 이 사실을 모르는 누군가가, 이 사실을 잊은 누군가가, 내게 치맥을 하자고 하거나 닭을 주재료로 한 요리를 먹자고 한다면 아마 나는 거절하지 못할 것이다. 다른 메뉴를 더 시켜도 되고, 사이드 메뉴를 집어 먹어도 되고, 그것도 안 되면 술배만 채워도 되니까.

그러므로 지금 가장 걱정되는 것은 이 글을 읽은 당신들이 나를 배려하기 위해 닭 요리를 주문하지 않는 것이다. 아까 말하지 않았나. 나는 ENFJ라고. 인류애에 반하는 행동을 가장 싫어한다고. 모두가 닭을 원한다면 나 하나쯤은 신경 쓰지 않아도 괜찮다. 그냥 피자와 맥주는 좋아해도 치킨과 맥주는 안 좋아하는 그런 사람이 세상에 하나쯤 있다는 것을, 복날에 백숙을 먹는 일은 몸보신이 아니라 고문이라고 느끼는 사람도 있다는 것을 알아주기만 하면 좋겠다.

　먼 훗날 혹시 나를 치킨집에서 본다면, '저 ENFJ 가 또 어쩔 수 없이 따라왔구나.' 그렇게 생각해주시 기를.

형형색색 다다익선

하얀 음식

윤이나

작가. 띵 시리즈에는 '라면'으로 참여해 『지금 물 올리러 갑니다』를
출간했다.

세상만사를 좋고 싫고, 맞고 틀리고, 옳고 그른 것으로 나눌 수는 없는 일이다. 그런데 그렇게 나누면 편하긴 하다. 세상에는 떡볶이를 좋아하는 아주 많은 사람과 싫어하는 소수가 있다. 짬뽕을 선호하는 사람과 짜장을 선호하는 사람으로 나누면 이 또한 편리한 분류다. 음식은 무조건 맛이라고 믿는 사람과 그렇지 않은 사람이 있다. 물론 그렇지 않은 사람 중에는 영양소 균형이 중요한 사람, 양이 중요한 사람, 먹는 건 귀찮은 일이니 언젠가 캡슐 알약을 털어 넣는 것으로 끼니를 때우고 싶은 사람 등이 있지만 결국 선을 어디에 긋느냐의 문제다. 맛에 그으면, 맛이 가장 중요한 사람과 그 외의 것이 중요한 사람으로 나눌 수 있는 것이다.

이런 분류법으로 음식을 대하는 나의 태도를 살펴보고자 한다. 나는 두 명이 있으면 세 개의 메뉴를 시켜야 하는 사람이다. 두 사람이 만나 한 접시씩 먹으며 만족하는 이들과 나 사이에는 건널 수 없는 강이 있다. 나는 하루 기준 끼니마다 음식이 겹치면 안 된다. 점심에 김치찌개를 먹고 저녁에 또 김치찌개를 먹을 수는 없다. 면 요리와 또 다른 면 요리라면 가능하다. 밥, 빵, 면 이런 건 메뉴라기보다는 탄수화물의 종일 뿐이니까. 예를 들어 점심에 라면을 먹고 나서 저녁에 파스타를 먹을 수는 있다. 하지만 아무리 라면을 좋아하고 라면에 관해 한 권의 책을 쓴 나라도 라면을 먹고 라면을 또 먹지는 않는다. 그건 식도의(食道義, 상도의를 패러디해 방금 떠올린 단어인데 무척 마음에 든다.)에 어긋나는 일이다.

또 하나, 나는 치킨을 좋아하지 않는 사람이다. 한국에서 상당히 특수한 경우로 분류되기 때문에 굳이 언급해보았다. 밥, 빵, 면 중에서는 면을 제일 좋아하는 사람이고, 라면을 한식으로 분류하지 않는다면 해외에서 50일 이상 한식을 먹지 않고 지내는 일이 가능한 사람이며, 커피와 차 중에는 커피를 선호하고, 혼자 있을 때는 정갈히 차려 먹지 않는 쪽, 익숙한 식당의 인기 메뉴보다는 새로운 식당과 신개발 메뉴를 시도하는 편이며, 음식을 먹는 장소보다는 함께 먹는 사람이 훨씬 중요한 사람이다. 그리고 무엇보다 하얀 음식보다는 빨간 음식이 좋은 사람이다. 이 말을 하고 싶어서 사족이 길었다.

시작은 콩국이었다. 아니, 그전에 짬뽕 이야기부터 해야겠다. 다들 인생의 첫 음식, 모유라든가 이유식 같은 것이 아닌 '맛'이라는 놀라운 감각을 느끼게 해준 첫 음식이 있을 것이다. 내 기억 속 첫 집이기도 한 지하 단칸방에 살던 시절이니 다섯 살 무렵이었다. 엄마가 시장에서 누군가의 옷 장사를 돕는 동안, 어린이집도 유치원도 다니지 않았던 나는 엄마 옆에서 놀았다. 대충 천막으로 구역을 나눈 가판대에 앉아 가게 주인아주머니가 시켜준 밥을 먹으려고 하는데, 빨간 라면 비슷한 것이 당시 내 눈에는 세숫대야만 한 그릇에 담겨 있었다.

그게 짬뽕이었다. 아무리 생각해도 나는 그걸 먹기에는 너무 어렸는데, 그때는 아무도 그런 생각을 하지 않았던 데다가 나는 어른들이 하는 건 무조건 해야 직성이 풀리는 아이였기 때문에 나도 짬뽕을 먹었다. 그날부터 나는 '맛있다'는 말의 의미를 구체적으로 아는 아이가 되었다. 맛있다는 것은 아주 선명하게 빨간 것이었다.

비슷한 시기에 먹었던 또 다른 음식이 바로 문제의 콩국이다. 내가 유년 시절을 보냈고 지금도 나를 제외한 모든 가족이 살고 있는 하남, 신장동 작은 시장 부근에는 유명한 약국이 하나 있었다. 나중에 이 약국은 대중에게 '패륜'이라는 단어를 강렬하게 각인시킨 비극적인 살인 사건의 배경이 되어 쓸쓸히 쓰러져가게 되는데, 물론 내가 하려고 하는 이야기는 그 사건과 전혀 상관이 없고 10년도 더 거슬러 올라간다. 아무튼 그 약국과 맞은편 한약방 사이에는 언제나 이런저런 음식이며 반찬을 파는 가판이 있었고, 나는 거기서 처음으로 콩국을 만나게 됐다.

　건강한 음식과는 거리가 먼 가족인데 왜 그런 시도를 한 건지 모르겠지만, 엄마는 내 손을 잡고 콩국을 샀다. 1.5리터 플라스틱 생수병에 담긴 그 하얀 국물은 보기만 해도 수상했다. 그래도 새로운 무언가를 먹어보고 싶다는 호기심에 까치발을 들고, 콩국을 사는 사람들 사이를 기웃거렸다. 먹어볼 수 있냐는 나의 말에, 주인분이 기꺼이 작은 종이컵에 콩국을 떠주었다. 자세히 들여다보니 우유처럼 전체적으로 흰 음료가 아니라 희멀건한 물에 아주 자잘한 흰 알갱이가 떠 있는, 가까이서 보니 더욱 수상한 음식이었다. 하지만 뭐 별거 있겠어. 나는 후루룩 콩국을 마셨다. 그리고 콩국 가판대를 떠나와 약국 앞까지 5미터 정도를 전진한 뒤에 모조리 토했다. 콩국과 그전에 먹었을 정체 모를 음식들까지.

가판대 앞에서 토할 수는 없다고 생각하며 몇 발자국을 걸어갔을 다섯 살 아이의 정신력을 생각하면 지금도 안타깝다. 물론 그걸 치워야 했을 삼십대의 엄마와 약국 주인분은 더 안타깝지만, 기억에는 없다. 내 기억에는 오직 콩국만이 존재한다. 그렇게 콩국은 나에게 '(토할 정도로) 맛없다'는 의미를 구체적으로 알려준 첫 음식이 되었다. 희멀겋고 슴슴하고 하얀 맛.

콩국 사태 이후로 첫인상부터 하얀 음식들은 본능적으로 거부하며 유년기를 보냈다. 반장을 놓치지 않는 어린이가 된 열 살의 나에게, 반장의 특권이란 흰 우유를 먹지 않아도 되는 것이었다. 한 반에 할당되는 초코우유와 딸기우유는 세 개에서 다섯 개 정도였는데, 나는 가능할 때는 언제나 초코우유를 골랐고 어쩔 수 없이 흰 우유를 받아야 할 때는 짝꿍에게 넘겼다. 국민학교(국민학교 마지막 졸업생이다.) 6학년 때 전교에서 세 번째로 키가 큰 여학생이었던 나에게 "우유를 먹어야 키가 큰다."는 회유는 전혀 먹히지 않았다. 미지근한 흰 우유만큼 비린 건 세상에 없었으므로, 만약 성장에 정말 방해가 되었다고 해도 나는 기꺼이 첨가물을 팍팍 넣은 맛 우유들을 택했을 것이다.

흰 우유를 마시지 않아도 나는 무럭무럭 자라났고, 하얀 음식을 제외하면 편식을 하지 않았기 때문에 음식을 가린다고 지적받을 일도 없었다. 피하는 음식은 수제비나 칼국수, 다대기를 넣지 않은 순댓국 같은 것이었는데, 어린이에게 이런 음식을 권하는 일이 흔하지 않았기 때문이다.

나는 하얀 음식만 빼고, 무엇이든 먹었다. 라면을 먹었고, 떡볶이를 먹었고, 김치찌개를 먹었고, 카레를 먹었다. 튀김과 순대를, 슈퍼에서 파는 빵과 초콜릿을 먹었다. 다른 건 몰라도 제철 과일은 충실히 챙겨준 엄마 덕분에 매일 오색의 과일을 먹었다. 색소가 잔뜩 들어가 입술과 혀를 기괴하게 물들이는 것을 상관하지 않고 불량식품을 먹었고, 설탕과 조미료가 잔뜩 들어간 군것질을 마음껏 했고, 위생 상태를 알 수 없는 길거리 음식을 태연하게 먹으면서 나는 자랐다. 혀의 뿌리와 끝, 옆, 입천장을 자극해 머리가 찌릿하게 만드는 온갖 색깔의 자극적인 맛을 가진 음식만이, 내 피가 되고 살이 되었다.

이 모든 건 친구들이 아웃백의 투움바 파스타를 내 면전에 들이밀기 이전까지의 일이다. 호주 스타일의 프리미엄 스테이크 하우스 아웃백의 명성에 대해서라면 다들 할 말이 많을 것이다. 패밀리 레스토랑의 전성기였던 2000년대 초중반, 몬테크리스토 토스트를 먹으러 갔던 '베니건스'와 그냥 이름이 멋져서 좋았던 'TGI 프라이데이'를 이기고 가장 좋아하는 패밀리 레스토랑 1위에 등극한 '아웃백'은 대학생이었던 우리의 생일파티 성지였다.

문제는 어떤 조합으로 모이든 반드시 한 명은 투움바 파스타의 광팬이라는 점이었다. 런치 세트를 가장 싸게 먹는 방법을 조합하는 데 천재적인 재능을 발휘했던 나에게 일단 메뉴 선택권이 있었지만, 내 생일이 아닌 이상 내가 먹고 싶은 것만 먹을 수는 없었다. 내가 아무리 베이비 백립의 사이드를 샐러드로 바꾸고 텐더를 추가하고 빵에 찍어 먹을 소스 다섯 개를 요청하며 아웃백 런치 잘 먹기의 정석 코스를 밟아가도, 누군가 투움바 파스타를 먹고 싶다고 한다면 내게는 메뉴 하나가 사라지는 셈이었다. 둘이 갔다면 문제는 더욱 심각해진다. 메뉴 세 개를 시켜도 하나는 먹을 수 없는 위기를 자주 겪었다.

친구들이 하나같이 사랑했던 투움바 파스타. 하얗고 찐득한 크림소스와 두꺼운 페투치니 면으로 유명한 그 파스타는 내게 그냥 하얀 음식 중 하나일 뿐이었다. 면 요리를 좋아하니 당연히 밀가루로 만든 대부분의 음식을 잘 먹지만, 파스타라면 토마토소스나 미트소스가 더해져야만 한다. 순도 높은 밀가루의 맛이 우유나 크림 베이스의 흰 소스를 만나는 건 최악의 조합이다. 마요네즈에 버무린 마카로니나 크림소스 파스타가 이 조합에 해당된다. 내가 하얀 음식이 싫다고 말할 때 싱거운 음식을 좋아하지 않는다는 의미로 해석한 친구들은 투움바 파스타를 반드시 권하곤 했다.

"하얀 게 싱겁다는 건 네 편견이야. 이게 얼마나

짜고 자극적인데! 심지어 매콤하다니까. 한 번만 먹어봐.”

그 한 번만에 속아 포크를 집어 들고 페투치니 한 가락을 비장하게 돌돌 말아 입에 넣고 나면, 빠르게 배신감과 후회가 뒤따라왔다. 맵고 짜고 자극적인 모든 맛을 덮는 찐득한 하얀 맛을 떨쳐버리려 입을 헹군 다음, 이렇게 말하지 않고서는 견딜 수 없는 배신감이었다.

“솔직히 진짜, 빨간 소스 파스타 하나 더 시켜도 돼?”

그래도 투움바 파스타 이후에는 만인이 사랑해서 내게 권하는 하얀 음식은 특별히 없었던 것 같다. 어른은 원하는 음식을 먹을 수 있다. 내가 먹는 것이 내가 된다는 걸 깨닫기 전까지는. 건강상 필요에 의해 샐러드를 먹을 때도 오리엔탈소스를 포기하지 못하지만, 흰 우유와 그리 멀리 있지 않았던 두유를 의무처럼 먹기도 한다.

입맛도 조금은 변했다. 하얀 맛의 아류 같았던 오일 파스타도 그럭저럭 잘 먹게 되었고, 어릴 때는 싫어했던 뽀얀 국물의 곰탕이나 사골국도 지금은 잘 먹는다. 겨울이면 사골국물에 떡과 만두를 넣어, 떡만둣국을 만들어 먹기도 한다. 국물이 하얀 굴짬뽕이나 나가사키 짬뽕은 처음부터 짬뽕으로 분류했기 때문에 원래 좋아했으니, 좁아진 하얀 음식의 테두리 안에 굳건히 자리를 지키고 있는 음식은 앞서 언급한 정도다. 콩국수, 수제비, 흰 우유, 크림 파스타.

이쯤에서 "뭐야, 그럼 별다른 기준이 없잖아?"라고 생각하고 있는 사람이 있다면, 정답이다. 내가 하얗다고 느끼는 맛에는 뚜렷한 기준이 없다. 싱겁기도 하고 짜기도 하다. 맑은 국물에 흰 탄수화물이 더해진 경우도 있고, 소스나 국물이 흰 경우도 있다. 그러니까 아마 이 비선호에 숨어 있는 하나의 열쇠는, 기분의 일종인 것 같다. 콩국과 흰 우유에는 어린 시절의 기억이 불러오는 불편함이 있다. 모든 연예 가십에 통달한 유년기를 보낸 나에게 1990년대의 한 슈퍼스타가 좋아하기로 유명한 음식이었던 수제비는 어쩐지 가난의 상징처럼 느껴졌는데, 그래서인지 수제비를 씹을 때면 언제나 그 배우의 얼굴을 떠올리며 숟가락을 내려놓곤 했다. 크림 파스타는, 모르겠다. 파스타를 더 맛있게 먹기 위한 소스에서 크림은 맨 마지막이다. 순서를 지켜주었으면 하는 마음뿐이다.

언젠가는 남아 있는 하얀 음식도 즐겁게 먹을 날이 올까? 재작년 서울에서 가장 유명하다는, 줄 서서 들어가야 하는 식당에서 친구가 먹는 콩국수를 한 젓가락 집어 먹어보고 알게 된 것은 그날이 오더라도 아직은 멀었다는 사실이다. 슴슴하고 담백한 맛의 매력을 아직도 모르는 나는, 자연의 맛이며 건강한 맛에 차분히 정착해 정갈하고도 깔끔한 맛의 세계로 진입하는 친구들을 보면, 어쩐지 부럽고 그들이 나보다 한참 어른인 것처럼 느껴지곤 한다. 어쩔 수 없는 일이다. 나에게는 못 먹어본 빨간 음식이, 탄수화물을 만났을 때 특별히 빛을 발하는 갖가지 양념과 소스가 너무도 많은 것을. 단계별로 매운맛, 표정을 절로 바꾸게 될 정도의 신맛, 오묘하게 달고 짠 맛, 절묘하게 쓴맛에는 모두 색깔이 있다.

나는 이 알록달록하고 화려한 맛의 세계에서 좀 더 지내볼 예정이다. 언젠가 계절이 바뀌어 이 세계에 하얀 맛이 눈처럼 내리면, 그것은 분명 좋은 일이다. 또 하나의 맛을 알고, 좋아하게 되는 거니까.

한참을 걷다 시원한 오미자차를 마셨던 어느 날, 그 붉고 쨍한 맛이 좋아서 친구들에게 이렇게 외친 적이 있다.

"오미(五味)라니, 맛이 무려 다섯 가지야. 맛이 없을 수가 없어!"

나의 세계에서 맛이라면 언제나, 형형색색 다다 익선이다.

잠시 메타버스에서 만나

팽이버섯

.

한은형

소설가. 띵 시리즈에는 '그리너리 푸드'로 참여해 『오늘도 초록』을
출간했다.

동생의 중학교 졸업식이었나. 늘 자기가 원하는 것을 가족 외식 메뉴로 택하는 아빠는 그날도 외진 곳으로 우리를 데려갔다. 허허벌판까지는 아니지만 대체 어느 동네인지도 모르겠는 처음 가보는 곳이었다. 무엇보다 지형이 놀라웠다. 늪인지 밭인지 알 수 없었는데, 딸랑 한 채의 컨테이너 건물이 있었다. 대체 이런 데를 어떻게 알았나 싶은 데로 우리를 인도하곤 하던 그는 그날도 그랬다.

버섯전골집이었다. '모둠'과 '버섯'이라는 글자가 여기저기에 붙어 있었다. 한 시간 전에 중학교를 졸업한 동생은 짜증을 내면서 말했다. "내가 버섯 안 좋아하는 거 몰라?" 원래도 화가 많은 이 아이는 그날따라 유독 신경질이 가득한 말투였다. 이해한다. 삼 남매 중에 둘째인 데다, 이 아이가 태어났을 때 가세가 기울었던 터라 그다지 귀하게 자라지 못해 불만이 많은데, 이날은 그녀가 주인공이 될 수 있는 드문 날이었던 것이다. '이런 날조차 나를 이렇게 대하다니…. 그렇게 싫다고 했던 버섯을 먹으라고?' 그녀는 본인의 날임에도 자기가 원하는 걸 먹겠다는 소박한 바람조차 이룰 수 없었다. 왜냐하면 그녀의 아빠가 언제나 그렇듯이 그날도 너무 자기 자신이었기 때문에.

H씨는 늘 그랬다. 그러거나 말거나, 졸업을 한 딸이 원하는 게 있거나 말거나, 남(가족 포함)은 전혀 중요하지 않다. 오로지 내가 원하는 걸 먹는다. 내가 최고 존엄이니까. 여기서 '존엄'이란 두 가지 의미에서 그러한데, 돈을 버는 가장이라는 의미 하나, '먹는 거라면 내가 최고'라는 자부심 하나, 이렇게 두 가지다. 먹는 거라면 내가 최고라는 그의 자부심은 타인에 의해 인정된 바 없고, 그냥, 오로지, 절대적으로 그의 주장이다. 그래서 H씨의 이런 독단적인 외식 메뉴 선택과 식당 선정은 이렇게 이해해야 할 것이다. "내 지금부터 너희들에게 최고의 것을 먹이려는데 이 아니 좋을 수 있겠는가?" 정도로. 이게 바로 나의 아빠라는 분의 애티튜드다.

쓸쓸한 것은, H씨가 이렇게 독단적으로 선정한 식당들이 꽤나 괜찮았다는 점이다. 하지만, 그런 말을 입 밖에 낸 적은 없다. 스스로의 긍지만으로도 차고 넘치므로 나까지 인정해줄 필요가 없어 보였다.

그저 먹었다. 나는 맛이 없는 건 못 먹는다. 입맛에 맞지 않거나 맛이 없는 건 정말 한입도 못 먹겠다. 그래서 조용히 수저를 내려놓고 "아, 배불러."라고 말하는 편인데, 그가 고른 음식들에 대해서는 그런 적이 없다. 애석한 일이다. 인정하고 싶지 않지만 어쩔 수 없다.

그 이후로 어떤 대화가 오갔는지 기억나지 않는다. 나는 그때나 지금이나 듣고 싶지 않은 건 듣지 않는다. 다년간의 자가 수련 끝에 자유자재로 음소거하는 능력을 갖추게 되었고, 내가 원하는 세계로 이동할 수 있다. 그래서 가상공간에 자신(의 분신)을 데려다놓는다는 메타버스 이야기를 들었을 때 '그건 내가 하던 건데?'라는 생각이 들었다. 아니면 이렇게 말할 수도 있겠다. '고독하게 충만하다.'

나는 고독하게 충만한 채로 버섯전골을 먹었다. 무려 '모둠 버섯전골'답게, 또 H씨가 고른 음식답게 그 버섯전골은 말을 잊게 만들었다. 들리지도 않았다. 희귀 버섯 채취자이기도 한 주인 남자가 와서 어떤 어떤 버섯이 들어갔다며, 처음 들어보는 온갖 버섯의 이름을 말해주었지만 말이다. 동생의 비난과 불평, 그러거나 말거나 이어졌던 식구들의 대화 같은 것도 기억할 리 없다. 당연하지 않나. 나는 고독하게 충만한, '모둠 버섯계'라는 메타버스에서 시간을 보내고 있었으니.

그 버섯전골은 완벽했다. 송이에 능이에 느타리에 표고에, 내가 전에 보지 못한 버섯들이 가득했다. 아…. 버섯의 식감은 어쩌면 이렇단 말인가. 조밀한 결이 만들어내는, 이 식감. 만 개의 겹과 만 개의 탄력. 하지만 너무 완강하지는 않아 숨이 막히지 않는 이 중용. 이런 식감은 버섯이 아니라면 어디에도 없다. 쫀득하다고 표현하면 경박하다. 버섯에게는 품위라는 게 있으니까. 이런 생각을 그때도 했는지는 모르겠다. 하지만 그 후로 이날의 버섯전골 같은 것은 먹어본 적이 없다.

그런데… 그랬는데… 한 가지, 단 한 가지가 불만이었다. 팽이버섯…이 있었다. 이 버섯 같지도 않은 버섯은 여기에 왜 있지? 능이니 송이니 은이니 하는 귀한 버섯을 넣은 전골에 팽이버섯을 넣다니…. 이렇게 뭘 모른다니…. '모둠-버섯-전골'이라는 충만한 연대에 위해를 가하는 '버섯 모독'이라는 생각까지 들었다. 겹도 없고, 결도 그다지, 갓이랄 것도 없고, 줄기의 식감도 별로인, 버섯의 위엄이 전혀 없는 게 팽이 아닌가. 하…. 나는 조용히 한숨을 삼켰다.

이런 의견을 장황하게 입 밖으로 내지 않았다는 말이다. 앞에서 짐작하셨겠지만, 내가 그런 말을 한다고 해도 어떤 지지도 돌아오지 않을 거라는 걸 알았기 때문이다. 우리 가족은 친하지 않을뿐더러 상대의 말에 귀를 기울이거나 공감을 해주는 사람들이 아니다. 그래서 나는 그들에게 음식이든 무엇이든 '호'와 '불호'에 대해 말해본 적이 없다. 좋다면 그냥 그걸 계속했고, 좋지 않으면 슬며시 숟가락을 내려놓았다. 그뿐이다. 시간이 흐르고 흘러 누군가에게 '호'와 '불호'에 대해 말할 수 있게 되었을 때 나는 그 단순한 행위가 나를 이렇게 기쁘게 하는지 몰랐다. 그저 좋다고, 그저 싫다고 말할 뿐인데.

좋아하는 건 좋아한다고 말하기. 싫어하는 건 싫어한다고 말하기. 감정이 격해졌을 때는 "너무 좋아."라거나 "너무 싫어."라고 말하기. 이게 이렇게 좋을 줄이야. 어떤 대상에 대해 "너무 좋아."라거나 "너무 싫어."라고 말하는 나는, 내게 이렇게 말해주는 사람을 좋아한다. 왜냐하면, 그 사람은 내가 그런 '호'와 '불호'의 감정을 내보여도 될 믿음직한 사람이고, 마음을 터놓아도 되는 친밀한 사람이라고 말하고 있는 거니까. '기꺼이' 말이다. "너무 좋아."라거나 "너무 싫어."라고 말할 때의 내가 그런 것처럼. 그래서 나는 그들을 좋아한다. 약간 고개를 흔들며 얼굴을 찡그리고 발음하는 '너어어어무'를 좋아한다.

참고로 나는 먹고 탈이 난 적이 있는 밴댕이회를 제외하고는 가리는 음식이 없다. 그런데 특정 음식 앞에서 얼굴이 찌푸려지는 순간이 제법 있다는 걸 알게 되었다. 그 순간들에 팽이버섯이 있었다. 된장찌개에 들어간 팽이, 전골에 들어간 팽이, 비빔밥에 들어간 팽이, 불고기에 들어간 팽이가 나는 싫었다. 뭉텅이째로 던져 넣어져 음식물을 거의 뒤덮은 팽이의 자태가. 내내 혼자 찌푸리다가 "팽이버섯, 너무 싫어."라고 말할 수 있어 좋았다.

몇 사람이 떠오른다. 일단 K. 이제 꽤 유명해진 한 식당의 오너 셰프인 그 아저씨와는 그리 친하지 않지만 음식에 관한 의견이라면 상당히 일치한다. 싫어하는 대상은 물론, 싫어하는 포인트가 같다. 첫째, 탕이나 전골을 뒤덮는 깨. 둘째, 역시 탕이나 전골을 뒤덮는 깻잎. 셋째가 팽이버섯이었다. 첫째와 둘째가 싫은 이유는 그 음식이 무엇이든 깨와 깻잎 맛이 너무 강해서 맛이 '깨화' 내지 '깻잎화'가 된다는 것이었고, 셋째가 싫은 이유도 비슷하다. 깨와 깻잎처럼 팽이버섯이 음식을 '장악'한다는 생각이 들어서다.

데커레이션이랄까? 본질적으로나 구조적으로 괜찮지 않은 공간을 만들어놓고 이런저런 데커레이션으로 꾸며놓은 곳에 갔을 때의 불쾌감이라고 하면 이해하실지. 속이려 한다는 느낌. 그래서 불쾌감이 든다. 깨나 깻잎이나 팽이버섯으로 뒤덮은 집의 음식에서는 누린내가 났다. 세척을 제대로 못해서 그런지, 신선한 재료를 쓰지 않아서 그런지, 제대로 조리하지 않아서 그런지, 아니면 이 모두를 제대로 하지 않아서 그런지 알 수 없지만, 이것들로 본질을 은

폐하려는 의도가 느껴졌다. 물론, 내가 갔던 버섯전골집 같은 경우도 있긴 하다. 다른 것들은 상당히 괜찮은데 팽이버섯도 넣은. 한때 나는 팽이버섯 남용에 질린 나머지 팽이버섯을 넣은 음식이라면 일단 치를 떠는 데까지 이르렀었다.

나는 H씨처럼 내가 절대미각을 갖췄다거나 맛에 관한 한 최고 존엄이라고 생각하지 않는다. 너는 너, 나는 나. 너의 상식은 너의 상식, 나의 상식은 나의 상식. 우리는 각각의 세계에 살아가고 있기 때문이다. 다른 가계(家戒)에서 태어나, 다른 모어(母語)를 배웠고, 다른 음식을 먹었고, 다른 책을 읽었다. 그런데 같을 리가? 그래서 나의 현실은 너의 현실과 다르고, 우리는 서로의 현실을 살 수 없다. 나는 우리 사이의 이 거리, 그 아득함이 좋다. 우리는 각자의 세계, 각자의 메타버스에 살고 있는 것이다. 그런데 팽이버섯이 싫다고 하는 순간, 잠시 차원이 왜곡되며 너와 나의 세계가 합쳐진다. 아주 잠깐이지만 말이다.

팽이버섯이 싫었던 순간에 대해 더 써보기로 한

다. 비가 오거나 눈이 올 때 먹는 어복쟁반을 좋아하는데, 거기 나오는 팽이버섯 역시 싫었다. 한 점 한 점 귀하게 건져 먹는 재료들이 정성스럽게 쌓인 그곳에 팽이버섯은 어울리지 않는다고 생각했다. 어복쟁반의 맑고 깊은 청아한 육수를 팽이버섯이 물들일까, 또 한 방울도 양보할 수 없는 이 육수를 팽이버섯이 흡수해버릴까 재빨리 팽이버섯을 건져냈다. 식탁에 팽이버섯을 쌓고 싶지 않아서 팽이버섯을 빼고 달라 했건만 우리의 말은 존중되지 않았고, 그러니 자력으로 제거할 수밖에.

　　가장 난감한 것은 팽이버섯이 함께 끓여져 나오는 경우다. 게다가 맑은 국물이라면 어쩔 도리가 없다. 약맛 같기도 한 팽이버섯의 맛이 맑은 국물을 뒤덮으면… 먹을 수 없다. 그래서 갈비탕을 시킬 때는 팽이버섯이 들어가는지 묻고, 들어간다면 빼달라고 요청한다. 이렇게 했는데도 불구하고 팽이버섯이 들어 있으면 어쩔 수 없다. 까탈스러운, '이상한 여자'가 되어야 한다. 다시 끓여달라고 한다. 살다 보면 하고 싶지 않은 말을 해야 할 때가 있는데 이럴 때도 그렇다. 주문받는 입장에서 생각해보면, 나는 정말

이상한 여자다. 별것도 아닌 거, 그냥 건져내고 먹으면 되는 게 아닌가, 라고 말할 수도 있을 것이다. 하지만 내겐 별것이고, 건져내고 먹어도 맛이 남아서 먹기가 싫다. 먹기 싫은 건 먹기가 싫다.

팽이버섯 때문에 가까워진 사람도 있다. 어느 날 Q는 대단히 중요한 걸 고백하기라도 하듯 말했다. 자기도 팽이버섯이 싫었다고, 꽤나 싫었는데 나를 만나고 나서 팽이버섯을 싫어하는 자신을 인식했다고 했다. 까탈스러운 사람이 되기 싫어서 건져내지 않고 먹었는데, 이제 나한테 물어갈 수 있어서 다행이라나? 정말 그런지 아니면 친교의 행위로 그러는 건지 모르겠는데, 그는 기회가 있을 때마다 자기도 팽이버섯이 너무 싫다고 하고, 나는 우리의 이 지독한 원한에 웃음마저 난다.

이렇게 쓰고 있자니 나는 H씨의 딸이라는 걸 어떻게 해도 부인할 수 없다. 그가 너무 그였던 것처럼 나 또한 너무 나인 것이다. 1년 전에 그는 나한테 이런 질문을 했다. "너 메타버스 알아? 한번 말해봐." 한때 드론 감별사였다가 내팽개치고 또 어느덧 메타버스 전문가가 되신 본인께서 나의 메타버스'력'을 감별해주시겠다는 자세였다. 역시 H씨다. 나는 이런 그와 내내 불화할 수밖에 없었는데, 이제는 그저 웃기다. 웃음이 난다. 약간은 귀엽기도 하고. 나는 이야기를 다른 데로 돌려버렸다. (이 또한 나의 주특기.) 메타버스 하면 나라고, 당신이 설계한 세계가 싫어서 메타버스에서 살아왔다고 말할 수는 없었으니까.

　이제, 팽이버섯을 조금씩 먹기 시작했다는 이야기를 해야겠다. 어느 날, 불판에 올라간 팽이버섯을 먹게 되었는데 불판 위의 어느 것보다 팽이버섯이 맛있었다. 아무도 먹지 않아 구석에서 방치되어 습기를 잃고 바싹 마른 팽이버섯은 더 이상 내가 알던, 식감이 별로인 팽이버섯이 아니었던 것이다. 오래전 버섯전골집에서의 나와 지금의 내가 나이면서 완전히 다른 나인 것처럼이나. 그때 팽이버섯이 내게로 들어왔다.

나만 아는 맛집 같은 건 세상에 없겠지만

줄 서서 먹는 맛집

안서영

그래픽 디자이너. '스튜디오 고민' 대표. 띵 시리즈에는 '돈가스'로
참여할 예정이다.

언젠가부터 맛있다는 가게 문 앞에 긴 줄이 늘어서 있는 광경이 익숙하다. 다들 가봤다는데 나만 뒤처질 수 없다는 마음일까. 하지만 시간과 체력이 하루가 갈수록 부족해지는 것을 느낀 시점부터 나는 줄을 서는 가게에는 가지 않게 되었다. 소셜 미디어에 #JMT #먹스타그램 #○○동맛집 해시태그가 붙은 음식 사진을 포스팅하는 횟수가 직접 요리를 해 먹는 횟수보다도 많은 시대, 서울에 숨은 맛집 같은 건 없다. 설령 그런 보석 같은 곳을 우연히 발견해도 곧 사라질지도 모른다는 불안한 기시감을 느낀다. 실은 이미 여러 번 겪은 일이라서. (슬픔)

매일 출근하는 성수동에서는 골목 곳곳에서 긴 대기열을 흔하게 볼 수 있다. 구하기 어렵다는 한정판 나이키를 신은 젊은이들이 힙한 가게 앞에 매일 옹기종기 모여 있다. 당장 작업실 코앞의 파스타집이 그렇다. 타이어 회사의 미식 가이드에 선정된, 열 명 남짓한 인원이 바에 나란히 앉는 형태의 작은 레스토랑이다. 나는 가게 앞에 줄이 보이지 않는 날 꼭 저길 가보리라 마음먹고 창밖을 매일 빼꼼히 내다봤지만 아쉽게도 아직까지 그날이 오지 않았다. 심지어 35도가 넘는 폭염이나 영하 20도에 육박하는 극한의 날씨에도 사람들은 늘 그곳에 있었다.

요식업계의 고급 정보원에게 듣기로 그곳은 예약 손님 반, 방문 손님 반을 받는데 예약하기가 하늘의 별 따기라고 했다. 무작정 기다리는 방법을 택한 굳은 의지를 지닌 이들조차 가게 문턱을 넘지 못하고 돌아가는 경우가 있다고 하니, 아직 시도조차 않은 나의 차례는 그들에게 양보하자는 생각이 들었다.

올해 초, 인쇄소와 철공소가 자리한 아주 좁은 골목에 창고를 개조한 일식 레스토랑이 문을 열었다. 뚝섬역에서 사무실까지의 지름길을 찾다가 우연히 발견한 곳인데, 누구에게 설명하기도 어려운 위치에 있었다. 그래서인지 처음 한 달간은 사람들의 발길이 뜸했고 덕분에 나는 호젓한 식사를 몇 번 즐길 수 있었다. '목이 좋지 않아서 손님이 없네. 이러다가 금방 없어지는 거 아닐까.' 내심 걱정이 되기도 했지만, 조용하고 쾌적한 환경에서 먹는 모둠 카쓰와 멜론소다는 도쿄에서 먹었던 것보다 맛있었을 정도였다.

그런데 몇 주 후 사람들이 그 골목 안쪽에 긴 줄을 서 있는 게 아닌가. 알고 보니 그 가게는 을지로에서 데이트 코스로 유명한 곳의 분점이었다. 걱정이 무색하게도 나는 자연히 그 가게에 갈 수가 없게 되었다. 심지어 그 지름길도 이용하지 못하게 되었다. 요즘에는 좁은 골목에 차를 가지고 왔다가 주차 문제로 언성을 높이며 싸우는 손님들을 종종 본다.

나도 웨이팅에 도전해보지 않은 건 아니다. 누구나 후기나 소개, 아니면 경험으로 검증된 맛있는 음식을 먹고 싶어 한다. 소중한 한 끼를 성의 없는 음식으로 헛배나 채우고 싶지 않은 건 모두가 같은 마음일 것이다. (그런 일은 겪을 때마다 우울하다.) 나 또한 지금보다 시간과 에너지가 있던 시절에는 엄청 궁금한 가게 앞에 용기를 내어 줄을 서본 적이 몇 번 있었지만….

사례 1.

그곳 연어덮밥을 먹기 위해 최소 두 시간씩 줄을 선다는 소문은 익히 들었다. 한적한 주택가였던 동네가 송리단길이라는 별명의 상권이 된 계기가 그 가게였다면 설명이 될까. 한파에 눈까지 오던 날, 평소 길었던 줄이 사라졌기에 나는 드디어 연어덮밥에 도전해보기로 했다. 결론부터 말하자면, 기대보다도 맛있었다. 음식의 맛과 가격, 심지어 후식과 서비스까지 훌륭했다. 과연 사람들이 오래 기다리는 이유를 납득했다.

만족스러운 식사를 하는 도중, 사장님이 말을 걸어왔다. "손님, 이렇게 추운 날 와주셔서 감사합니다. 식사는 맛있게 하고 계세요?" 당연히 그렇다고 대답했는데 문제가 생겼다. 사장님이 흥이 넘치셨는지 나에게 계속 농담을 걸어오기 시작한 것이다. 나중에 알게 된 사실인데 그분은 원래 저세상 텐션으로 유명하다고 했다. 사장님이 재미있어서 가게에 오는 사람들도 많은 것 같았다. 메뉴 하나하나에 대해 끊임없이 설명했고, 소감을 물어왔으며, 종종 갑자기 노래도 부르셨다. 개그맨이나 유튜버를 했어도 크게 성공하셨을 분 같았다. 그분이 손가락 하트를 보내면 나도 머리 위 하트로 반응해주어야 했다. 혹시 또 말을 걸면 어쩌지 눈치 보며 고개를 푹 박고 먹는 식사는 기대한 것이 아니었다. 인싸들에겐 정말 매력적인 가게일 것 같았지만 내향인인 나는 그날 조금 체했다.

사례 2.

셰프가 연 국숫집. 팬데믹이 시작된 지 얼마 되지 않은 시점이었다. 창밖을 바라보는 바 형태의 자리에 안내되었는데 안내된 좌석 옆자리엔 이미 손님 한 명이 앉아 있었고 그와 나 사이의 간격은 매우 좁았다. 지금은 흔한 투명 아크릴 칸막이 같은 것도 없을 때였다. 이어폰 없이 크게 볼륨을 키운 채 동영상을 보고 있는 뒷모습을 보고 왠지 불길한 예감에 눈동자가 흔들렸으나, 그 자리 외엔 선택권이 없었다. 옆자리 손님이 싸하다는 이유만으로 맛있는 국수를 포기하는 건 너무 아까우니까 설마 아닐 거야, 하고 애써 마음을 가다듬고 있었다.

하지만 음식이 나오자마자 화려한 면치기 소리와 함께 일말의 희망은 사라져버렸다. 왜 슬픈 예감은 틀린 적이 없나. 후루룩거리며 공중에 내뿜는 그의 국수 국물이 내 눈에 한 방울 한 방울 보일 지경에 이르자 인생국수로 유명하다는 맛을 거의 느낄 수가 없었다. 결국 수타로 쫄깃하게 만든 면은 반도 먹지 못하고 나왔다.

사례 3.

여행을 가기 전 의식처럼 하는 일이 있다. 카페 투어 목록을 작성하고 동선을 미리 짜보며 여행에 대한 설렘을 느끼는 것이다. 지금은 세계 여러 곳에 지점이 있지만 당시 교토에만 있었던 그 카페 또한 정말 기대하던 곳이었다. 여행 가이드 서적에 따르면 아름다운 강 앞에 위치해 절경을 바라보며 커피를 즐길 수 있는 곳이라고 했다. 작은 전통가옥을 개조한 세련된 인테리어, 커피 열매를 형상화한 미니멀한 로고가 새겨진 에스프레소 머신, 커피에 대한 남다른 철학을 가진 헤드 바리스타의 인터뷰, 책 속 화보에서는 모든 것이 완벽해 보였다.

그러나 예상과는 다르게, 도착한 카페에는 끝을 알 수 없는 관광객들의 대기열이 늘어서 있었다. 지구촌 곳곳에서 나와 같은 생각을 하고 찾아온 사람들이 이렇게나 많다니. 겨우 들어간 카페의 내부 또

한 발 디딜 틈이 없을 정도로 붐볐는데 만국의 언어가 섞여 들려오는 이곳이 교토인지 어디인지 순간 아득해지는 기분이었다. 국제적인 시장통 같은 분위기에서 30분 넘게 기다려 구석진 곳에 서서 마신 라테 맛은 잘 기억나지 않는다. 그저 엄청나게 지쳐 보였던 바리스타의 표정만은 지금까지도 인상에 깊이 남아 있다.

"기다릴 줄 아는 사람은 바라는 것을 가질 수 있다."

벤자민 프랭클린의 말이다. 그의 이름을 모티브로 한 고급 시스템 다이어리가 여전히 인기일 정도로 성공과 자기계발의 대가였던 사람이다. 약 300년 전의 말임에도 여전히 고개가 끄덕여진다.

그러나 나라는 사람은 기다리지 않아도 가질 수 있는 것을 바라는 쪽으로 경로를 수정하여 살아왔다. 가끔 누군가 줄 서는 맛집에 가보자고 제안할 때는 고개를 절레절레 흔들어가면서. 나름 식도락을 즐기는 편인데 너무 열정이 없는 걸까 싶기도 했지만. 마침 얼마 전 TV 예능 프로그램에서 '맛있는 음식을 먹기 위해서 줄을 선다/서지 않는다'라는 주제로 토크를 하길래 흥미롭게 결과를 지켜보았다. '서지 않는다'를 택하는 패널들이 생각보다 많아서 안심했다. 기다리지 않는 쪽을 택한 이유는 저마다 다양했지만, 결국 한마디로 요약이 가능했다.

"기대가 크면 실망도 크다."

동네 단골들만 알던 가게가 〈생활의 달인〉에 나오거나 소셜 미디어에서 유명해지면, 사람들이 줄을 서기 시작한다. 그 후엔 더 큰 공간으로 확장 이전하거나 지점을 내는 것 또한 자연스러운 흐름인 것 같다. 초창기에 그곳을 다녔다는 자부심을 지닌 이들은 가게가 뜨고 나니 서비스나 접객 태도가 변했다고, 혹은 예전에 좋아하고 알던 그 맛이 아니라고 입을 모아 말한다. 들을 때마다 의아한 말이었다. 여전히 같은 사람이 같은 방법으로 만들고 있는데, 기분 탓 아닐까. 혹은 기대치가 너무 높아졌거나.

그렇지만 나 또한 10여 년간 스몰 비지니스를 운영하다 보니 과연 변할 수도 있겠다는 합리적 추론을 하게 되었다. 끊임없는 일들을 처리하기 급급한 시기에는 품질 관리가 무척 어렵다. 기계라도 무리해서 쓰면 고장이 나는데 하물며 사람은 말할 것도 없다. 극성수기엔 '최고로 잘해보자!'보다는 '어떻게든 끝내보자!'를 우선 목표로 삼게 되는 것이다. 문전성시를 이루며 밀려드는 손님들을 맞이해야 할 때 주방 사정 또한 비슷하지 않을까. 물론 그 와중에도 속도와 정확성, 서비스의 질을 유지하는 뛰어난 이들이 있겠지만, 그건 이미 '제로의 영역'이다.

그렇다면 내가 가장 즐거운 식사를 했던 곳들은 어땠었지? 스스로 질문을 던져보았다. 한가하게 숨어 있는 듯한 가게의 정경이 떠오른다. 을지로의 간판 없는 다이닝 바 느낌이라기보다는 여느 주택가에 위치한 조용한 가게에 가깝다. 가게 문을 열고 들어서면 아늑한 공간에는 부드러운 음악이 흐르고 나와 일행을 포함 아주 적은 수의 손님만 있다. 메뉴는 소박하고 익숙한 것들이다. 열심히 고민해서 주문한 음식이 나오면 한입 먹어보고 놀란다. 아니 이런 가게가 이런 곳에 숨어 있다니. 이곳이 오래 영업할 수 있기를 간절히 바라본다. 그러려면 아무래도 손님이 많아져야 하겠지만, 너무 유명해지면 나는 결국 올 수 없게 되겠지. 복잡한 마음이 든다.

그래서일까. 내가 좋아하는 가게들은 늘 예고 없이 사라진다. 얼마 전에는 집 근처에서 평일에만 여는 맛있는 샌드위치 가게를 발견했는데, 조만간 또 가보려던 차에 내부가 철거된 채로 텅 비어 있는 것을 보고 너무 슬펐다….

이런 현실에도 불구하고, 내가 일하는 디자인 스튜디오 또한 이상적 가게처럼 살짝 숨어 있는 맛집 느낌으로 운영될 수 있길 바란다. 우리 가게의 메뉴를 좋아해주는 소수의 손님들이 알고 찾아오며, 그들을 아주 정성껏 대접할 수 있는 가게. 우리 가게는 두 명의 셰프가 자신 있는 몇 가지 메뉴만을 내는 공간이고, 공간이 협소해서 들어올 수 있는 인원도 많지 않다. 무리해서 일하다가는 음식과 서비스의 질을 유지할 수 없을 것이다. 누군가는 업장을 키우고 믿음직한 직원들을 고용해서 더 큰 사업으로 꾸리기를 원하겠지만, 우리에겐 그런 야망이 없다. 그저 우리의 작은 가게가 좋아하는 단골들이 찾아오면 따뜻한 음식을 내어주는 편안한 장소로 오래오래 남으면 좋겠다고 생각한다. 내가 즐거운 시간을 보냈던 곳들이 그러했듯이.

사례 3의 카페를 갔던 다음 날, '철학의 길'이라는 관광지 초입에 자리한 카페에 들른 적이 있다. 교토 3대 커피라고 해서 찾아간 가게인데 의외로 손님이 없었다. 빨간 지붕의 주택 1층을 개조한 카페를 귀여운 노부부가 운영하고 계셨다. 할아버지가 정성스럽게 내리는 핸드드립 커피와 할머니가 만든 따뜻한 샌드위치가 참 맛있었다. 마치 지브리 애니메이션에 나올 법한 비현실적인 곳이었다. 손님은 나와 당시의 남자친구(지금의 남편) 둘 뿐이었고, 덕분에 우리는 그 시간에 온전히 집중하여 더욱 만족스럽게 즐길 수 있었다. 샌드위치가 여행 안내 책자에서 보았던 것과는 조금 다른 모양 같다는 생각이 들긴 했지만.

나중에 여행을 다녀와서 알게 된 사실인데, 일본어를 잘 읽지 못하던 탓에 원래 가려던 곳과 다른 가게를 착각하고 잘못 찾아간 것이었다. 원래 계획

대로라면 가보지 못했을 좋은 가게를 우연히 가본 셈이다. 그리고 오랫동안 기억에 남는 곳은 주로 이런 곳들이다.

아무리 노력해도 안 되는 일

하와이안 피자

하현

작가. 띵 시리즈에는 '아이스크림'으로 참여할 예정이다.

세상에는 아무리 노력해도 안 되는 일이 있다. 맨몸으로 하늘을 날거나 돌로 금을 만드는 초능력 같은 게 아니라, 다른 사람들은 눈 감고도 뚝딱 해내는 지극히 일상적인 일이 누군가에게는 불가능에 가까운 도전이 되기도 한다. 나는 그것을 사과를 통해 배웠다.

나의 불가능은 사과 깎기다. 조금만 연습하면 초등학생도 할 수 있는 그 쉬운 일이 왜 내게는 이토록 어려운 걸까? 칼을 다루는 게 무서운 건 아니다. 사실 나는 칼질을 제법 잘하는 편에 속한다. 속도도 빠르고 모양도 일정해서 빵집에서 일하던 시절에는 피자빵과 야채고로케에 들어가는 수많은 양파들을 혼자서 착착 도맡아 썰곤 했다. 채썰기도 깍둑썰기도 자신 있다. 다지기와 어슷썰기는 그야말로 식은 죽 먹기다. 문제는 나의 화려한 칼질은 어디까지나 도마 위에서만 가능하다는 것이다.

나에게 사과는 깎아 먹는 과일이 아니라 씻어 먹는 과일이다. 내가 깎은 사과는 유니콘처럼 상상의 세계에만 존재한다. 내 손이 닿았다 하면 아무리 크고 탐스러운 사과라도 껍질과 함께 속살이 반쯤 사라져버리기 때문이다. 아까운 사과를 그런 식으로 허망하게 버릴 수는 없지. 나는 잠시 고민하다가 얌전히 칼을 내려놓고 식초와 베이킹소다로 사과를 씻는다.

하지만 세상에는 노력하면 결국 되는 일이 더 많다. 내게 그것을 가르쳐준 건 파인애플이었다. 가진 건 쥐뿔도 없으면서 온전한 나만의 공간이 절실하다는 이유로 독립을 강행했던 2020년 여름, 나는 세상에서 가장 큰 코딱지인 원룸 자취방 월세를 감당하기 위해 눈에 불을 켜고 일자리를 찾고 있었다. 인스타그램보다 알바몬을, 트위터보다 알바천국을 더 열심히 들락거린 끝에 발견한 건 대형마트 농산 코너에서 과일 시식 행사를 진행하며 판매를 유도하는 아르바이트였다. 고기나 생선이었다면 망설였겠지만 과일이라면 나쁘지 않을 것 같았다. 사과만 아니면 돼, 사과만. 다가올 미래를 알지 못한 채 그렇게 중얼거리며 이력서를 보냈다.

본격적인 휴가철을 앞두고 모두가 조금씩 들떠 있던 7월의 어느 금요일. 나는 칼날 부분만 족히 25센

티미터는 되는 커다란 식칼을 들고 당황과 황당을 오가는 마음으로 산더미같이 쌓인 수십 개의 파인애플 앞에 서 있었다. 어쨌든 사과는 피했으니 다행이라고 해야 할까? 아니, 지금 이 상황이 다행인지 불행인지 짐작조차 할 수 없었다. 살면서 단 한 번도 파인애플을 직접 손질해본 적 없었으니까. 그때까지 내가 먹었던 파인애플은 도넛처럼 가운데가 뻥 뚫린 동그란 모양이었다. 늘 그렇게 손질된 상태로 파는 것만 먹어서 뾰족한 잎이 달린 온전한 파인애플을 바라보는 것도 낯설었다.

"이게 생각보다 힘든 일인데 괜찮겠어요? 젊은 사람이 하기는 쉽지 않을 텐데…. 칼은 좀 쓸 줄 알아요?"

어느새 나타난 팀장이 영 못 미덥다는 눈길로 나를 바라보며 말했다. 무조건 할 수 있다고, 어떻게든 해보겠다고 대답해야 하는데, 입이 떨어지지 않았다. 그러는 사이 첫 손님이 다가와 내 앞에서 발걸음을 멈췄다.

나는 최대한 초보 티를 내지 않으려고 노력하며 오른손에 꼭 쥐고 있던 칼로 파인애플 머리를 힘껏

내리쳤다. 이만하면 절도 있는 동작이라고 생각했는데 칼날이 반도 들어가지 않아 머쓱해졌다. 내 서툰 칼질을 바라보는 손님의 불안한 시선이 느껴져 등줄기를 타고 식은땀이 흘렀다. 그날 나는 일곱 시간 동안 총 스물세 통의 파인애플을 손질했다. 다시 생각해보면 손질이라기보다 조각에 가까운 행위였다.

다행인 건 파인애플 손질이 도마 위에서 이루어진다는 사실이었다. 내 칼질 실력은 빠른 속도로 늘어갔고, 한 달이 지나자 하루에 칠십 통도 거뜬해졌다. 처음에는 손에 쥐는 것조차 부담스러웠던 긴 칼을 자유자재로 휘두르며 파인애플을 자르고 있으면 지나가던 사람들이 재미있는 구경거리라도 발견한 것처럼 하나둘 모여들었다. 사람들은 공장에서 기계로 잘라 깔끔하게 포장되어 나오는 파인애플보다 눈앞에서 직접 잘라주는 파인애플을 더 좋아했다.

하지만 마냥 반가운 일은 아니었다. 아무리 내 손이 빠르다고 해도 한꺼번에 몰려드는 손님들을 혼자 감당하기는 벅찼다. 피크 타임인 주말 오후에는 대기줄이 생기기도 했는데 그럴 때면 꼭 하나씩 버럭 성질을 내는 사람들이 있었다. 그 무렵 나는 내 안의 분노에 조금씩 잡아먹히고 있었다. 너무 많은 사람들이 내게 너무 많은 것을 요구했다. 너무 쉽게 화를 내고 너무 쉽게 짜증을 부렸다. 그들에게 나는 사람이 아니라 기계인 것 같았다.

연휴가 겹쳐 평소보다 바빴던 주말, 그날도 나는 기계처럼 하염없이 파인애플을 썰고 있었다. 거침없는 손길로 꼭지와 밑동을 댕강댕강 잘라낸 뒤 껍질을 벗기고 있는데 나란히 서서 차례를 기다리는 세 모녀의 대화가 자꾸 귀에 들어왔다. 그들은 나름대로 진지하게 토론을 벌이고 있었다. 그런데 그 내용이 너무 웃겼다. 토론의 주제는 다름 아닌 하와이안 피자였다.

가만히 들어보니 엄마와 언니는 피자가 느끼하기 때문에 상큼한 파인애플이 토핑으로 올라가야 한다고 주장하고 있었고, 동생은 따뜻한 파인애플은 음식물 쓰레기나 마찬가지라며 열성적으로 반론을 펼치는 중이었다. 나만 그 대화를 듣고 있던 게 아닌지 바로 앞에 있던 젊은 커플이 낮은 목소리로 이야기하기 시작했다. "자기도 맨날 파인애플 들어간 거

시키잖아. 내가 그거 싫어하는 거 알면서." "들어간 건 빼고 먹으면 되지. 없으면 못 먹잖아."

그 순간 무슨 생각이었는지 내 입에서 불쑥 이런 말이 튀어나왔다.

"저도 하와이안 피자 싫어해요."

말해놓고도 민망해서 헛웃음이 나왔다. 아무도 안 물어봤는데 왜 끼어들었지? 분명 이상한 사람이라고 생각할 거야…. 하지만 머릿수에 밀려 홀로 외로운 싸움을 하던 동생은 천군만마를 얻은 것처럼 의기양양하게 외쳤다.

"거봐! 파인애플 파는 언니도 하와이안 피자는 싫다잖아!"

그 말을 시작으로 하와이안 모녀와 나는 원래 알던 사람들처럼 깔깔거리며 2차 토론을 이어갔다. 둘이서만 조용히 속닥거리던 커플도 어느 틈엔가 자연스럽게 합류했다. 우리의 대화에 호기심이 생겼는지 뒤쪽에 서서 차례를 기다리던 아저씨가 아내에게 물었다. "하와이안 피자가 뭐야?" 나는 사람들이 피자 이야기에 정신이 팔려 있는 동안 재빨리 파인애플을 손질했다.

그날 이후, 갑자기 손님이 몰려들어 대기줄이 길어질 때면 건조한 들판에 작은 불씨를 던지는 마음으로 아무에게나 이렇게 물었다.

"파인애플 좋아하시나 봐요. 혹시 하와이안 피자도 좋아하세요?"

사람들은 무표정한 얼굴로 멀뚱멀뚱 서 있다가도 막상 말을 걸면 TMI의 민족 한국인답게 이런저런 이야기를 늘어놓았다. 원래는 싫어했는데 아이들이 좋아해서 억지로 먹는다는 이야기, 신한은행 건물 2층에 있는 작은 피자집의 하와이안 피자가 이 동네에서 제일 맛있다는 이야기, 도대체 피자에 파인애플을 왜 올리는지 모르겠다는 이야기…. 그러면 또 누군가 역시 오지랖의 민족 한국인답게 은근슬쩍 끼어들어 말을 보탰다. 나는 그들과 같은 편이 되기도, 다른 편이 되기도 하며 부지런히 파인애플을 썰었다. 그러는 동안에는 아무도 나를 재촉하지 않았다.

그런 대화가 바꿔놓은 게 한 가지 더 있었다. 손님들이 나를 기계가 아닌 사람으로 대하기 시작한 것이다. 자신과 비슷하거나 다른 취향을 가진, 말하고 듣고 생각하는 존재로. 잠시만 기다려달라고 공손하게 부탁할 때는 고장난 자판기 대하듯 아무렇지 않게 짜증을 내던 사람들이 하와이안 피자를 싫어한다고 말하자 내 이야기에 집중하는 게 웃기고 신기했다.

하와이안 피자는 더할 나위 없이 완벽한 스몰토크 주제였다. 누구나 그것에 대한 입장이 있지만 정치색처럼 대놓고 드러내기 껄끄럽지 않았고, 편을 갈라 싸우기 딱 좋지만 종교 논쟁처럼 분위기가 험악해지는 일은 결코 없었다. 마트는 상상을 초월하는 온갖 고객의 소리가 (믿을 수 없겠지만 본인이 싫어하는 가수의 노래가 나온다고 헐레벌떡 고객만족센터로 달려오는 사람이 정말 존재한다.) 하루에도 수십 건씩 접수되는 곳이지만 그 누구도 파인애플을 파는 직원이 하와이안 피자를 싫어한다고 컴플레인을 걸지는 않았다. 그러니까 그건 일종의 놀이나 마찬가지였다. 이기고 지는 게 전혀 중요하지 않은.

언제부터 시작됐는지는 모르겠지만 온라인에서는 매일 이런 놀이가 반복되고 있다. 민초단과 반민초단은 상대편에게 수시로 시비를 걸며 내부 결속을 다지고, 쌀떡파와 밀떡파는 박쥐처럼 양쪽을 오가는 중립파를 비교적 관대하게 포용하며 점잖은 싸움을 한다. 여름이면 이 구역의 싸움닭 딱복파와 물복파가 서로를 물어뜯으며 살벌한 전쟁을 벌이고, 겨울이 찾아오면 밤고구마파와 호박고구마파가 바통을 이어받아 뭉근한 세력 다툼을 한다.

그것에 대한 호불호 자체가 하나의 밈으로 자리 잡은 음식들. 각자의 취향에 소속감을 느끼며 편을 갈라 티격태격 다투는 사람들을 보고 있으면 한배에서 태어난 형제들과 엎치락뒤치락하며 싸움 흉내를 내는 새끼 고양이들의 모습이 떠오른다. 그저 귀여운 장난 같은 이 가짜 싸움은 고양이의 성격을 형성하는 사회화 과정 중 하나다. 무는 척만 하려다가 진짜 물기도 하고 물리기도 하며 고양이들은 선을 넘지 않는 법을 배운다. 어디까지가 장난이고 어디부터가 공격인지, 그 선을 아는 것은 인간 세계에서도 동물 세계에서도 매우 중요한 일이다.

민초단과 반민초단의 싸움은 놀이라고 할 수 있지만, 찍먹파와 부먹파의 싸움은 자칫 강요나 따돌림이 될 수도 있다. 한쪽이 압도적으로 우세하기 때문이다. (참고로 나는 강경 찍먹파다!) 딱복파와 물복파의 싸움은 조금 격해져도 재미있지만, 평양냉면파와 함흥냉면파의 싸움은 크게 번질 새도 없이 경고를 받는다. 둘 사이에 오랫동안 쌓여온 어떤 위계가 존재하기 때문이다.

그렇다면 하와이안 피자는? 글쎄, 잘 모르겠다. 온라인에서는 싫어하는 사람들의 목소리가 더 큰 것 같지만 현실에서는 딱히 그렇지도 않으니 아직은 놀이라고 생각해도 괜찮지 않을까.

그토록 꿈꿔왔던 나만의 공간을 얻었지만 막상 정말로 혼자가 되니 이유를 알 수 없는 불안감에 휩싸였던 독립 첫해. 출근하지 않는 날에는 좁은 방에 틀어박혀 하루 종일 한마디 하지 않고, 그러다 문득 그 적막이 무섭도록 낯설게 느껴질 때면 도망치듯 밖으로 나와 동네 채소 가게로 향했던 서른 살의 나. 틈만 나면 나라는 인간의 모순에 대해 생각했던 그 시절에 낯선 사람들과 쉽고 빠르게 우리가 되어 가벼운 소속감을 느낄 수 있게 해줬던 하와이안 피자는 싫지만 분명 고마운 음식이었다.

이제 나는 나 말고는 아무도 없는 집에 흐르는 밀도 높은 고요를 세상 무엇보다 사랑하는 사람이 되었다. 6.5평짜리 작은 방에서 시간 가는 줄 모르고 혼자 재미있게 놀 수 있는 사람이 되었다. 하지만 어디선가 하와이안 피자 토론이 벌어진다면 기꺼이 달려가 그 놀이에 동참할 것이다.

왜냐하면 내게 하와이안 피자를 좋아하는 건… 맨몸으로 하늘을 날거나 돌로 금을 만드는 것보다 어려운 일이기 때문이다.

어른은 어른답게, 아이는 아이답게

노키즈존 식당

서효인

시인. '안온북스' 대표. 띵 시리즈에는 '직장인의 점심시간'으로 참
여할 예정이다.

북유럽은 처음이었다. 유럽 자체가 처음이었지만, 북유럽은 북유럽이라 부르고 싶다. 스톡홀름에서 있었던 문학 행사에 초청을 받아 간 것이었고, 행사명은 무려 '월드포엠페스티벌'이었으나 왜인지 아시아인은 나뿐이었다. 그래서 영어에 서툰 자도 나 혼자라 멀뚱멀뚱한 시간이 잦았다. 성격상 그냥 가만있지를 못하고 도대체 무슨 말을 하는지, 무슨 일이 일어나고 있는지 궁금해하긴 해서 일정을 함께해준 통역이 고생깨나 했다.

　　그래서 택한 식당이었다. 물가가 높고, 그중 외식비가 특히 비싸다고 알려진 스웨덴의 수도 번화가에서 해산물 레스토랑에 입장해 바닷가재를 주문한 것이다. 이때 아니면 북해의 바닷가재를 언제 먹어보겠느냐 하는 관광객다운 조바심도 있었다. 게다가 그곳의 로컬 음식이라는 미트볼은 완전 그냥 그저 말 그대로 확실히 단순히 저스트 '미트볼'이었으므로, 그보다는 특별한 맛을 느껴보고 싶은 식도락가로서의 욕망도 있었다. 어디에서든 맛있는 음식을 먹고 싶으니까. 맛있는 음식이 있다면, 그것을 먹고 있는 내가 있다면, 그곳은 일단 대체로 행복하니까.

전채요리로 주문한 연어가 먼저 나왔다. 그렇지, 또 여기까지 와서 북해의 연어를 먹지 않을 수 없잖은가? 연어는 입에서 살살 녹…지는 않았고, 연남동에서 먹었던 맛과 흡사했다. 결혼식장 뷔페나 빕스에서 먹었던 것보다는 나았다. 그렇다고 몇 차원의 벽을 느낄 만큼의 차이는 아니었고. 그래, 그냥 연어였다. 고추냉이와 간장이 없어 아쉬웠다. 대신 레몬 소스와 채 썬 양파를 준 듯했다. 역시 연남동 스타일… 아니, 스톡홀름 스타일이었을 것이다.

케이크 모양으로 쌓인 연어를 반듯하게 해체하지 못하고 고전하고 있을 때쯤 바닷가재가 나왔다. 동그란 얼음 조각 플레이팅이 인상적이었다. 나는 조금 굳은 채로 껍질을 들추어보았다. 가재살은 차가웠다. 껍질과 분리되어 있지도 않았다. 아, 이건 확실히 스톡홀름 스타일이네, 노량진 스타일은 아니네. 바이킹의 민족은 우리처럼 연약하지 않아 갑각류를 누가 대신 손질해주는 일이 없다. 물론 라면과 볶음밥도 없다. 나는 무엇을 기대한 걸까? 내 두 손에는 비닐장갑 대신 펜치도 집게도 아닌 도구1과 망치도 곤봉도 아닌 도구2가 들려 있었고, 그것으로 북해의 갑각류와 한판 대결을 벌일 참이었다.

그러나 결국 인간은 승리한다. 우리는 어떤 역경 속에서도 한 끼 식사를 지속적으로 이뤄냈던 종족이다. 나는 녀석의 집게를 부수고 그 안의 살을 먹었다. 따뜻하지 않아 이상했다. 비린 맛도 좀 나는 것 같고, 식감도 바스러지듯 너무 약했다. 입안에서 바다 향이 터져나와야 하는데, 그냥 추억만 터졌다. 우리은행 사거리에 있던 '대게나라'가 그리웠다. 덕이동 '일산대게하우스'도 괜찮았는데…. 일전에 동인 친구들이 포항에 놀러 갔을 때 사정이 있어 동행하지 못한 게 못내 아쉬웠다. 영일만에서 대게를 먹었다고 했는데, 나는 아직 동해에서 대게를 먹은 적이 없다… 따위의 생각을 스톡홀름 시내에서 하고 있었다. 통역에게 비싼 음식의 맛없음을 토로하며 투덜댈 만큼 철이 없진 않아 혼자 속으로 생각이 많았다. 이게 대체 얼마야, 이 돈이었으면 상암동 마포수산물시장에서 바닷가재든 대게든 시가로 사서 센불에 빠르게 찐 후 정갈하고 기하학적으로 손질된 그걸 근처 식당에서 상차림 값만 내고…

그때였다.

"Baby Shark~ doo doo doo doo doo doo~
Mommy Shark~ doo doo doo doo doo doo~"

어라, 이게 무슨 소리지? 내가 아무리 〈상어가족〉을 아이들과 많이 들었다고 해도, 한국을 떠난 지, 그러니까 아이들을 못 본 지 엿새째 되는 날에 이런 환청을 듣다니? 내가 그 정도로 육아에 진심이었단 말인가? 아냐, 그럴 리 없어, 그럴 리 없다고! 강물을 거슬러 오르는 저 힘찬 연어들처럼 고개를 흔들었는데, 시야에 〈상어가족〉의 애청자가 보이는 것이었다. 우리집 아이들과 또래로 보이는 아이 둘이 나란히 앉아 테이블 위 거치대에 놓인 휴대전화를 보고 있었다. 네 살이나 다섯 살일 것이었다.

아, 이것이 한류인가? 케이팝의 위력인가? 해외에 나가면 모두 애국자가 된다더니… 하는 마음은 없었고, 새삼 레스토랑에 앉은 사람들을 살펴보았다. 빈자리는 없었고, 곳곳에 아이들이 있었다. 귀에는 상어 가족이 서로의 우애를 확인하는 노래의 영어 가사가 흘렀고 다른 한편에서는 레스토랑에서 틀어둔 알 수 없는 음악이 흘렀다. 아이의 부모들은 여유로워 보였다. 잠시 휴대전화에 아이를 맡기고 식사하며 대화했다. (다행히 연어와 바닷가재 요리는 아니었다.) 건너 테이블에서는 아이가 의자에서 내려와 반대 테이블로 걸어가 아빠에게 말을 걸었다. 여기도 저기도 아이와 어른이 자연스레 섞여 있었다.

여행 내내 그랬다. 첫날 공항에서는 이제 막 초등학생이나 된 듯한 꼬맹이가 로비를 휘젓고 다녔다. 사람들은 관심이 없었다. 공항 버거킹에서 먹은 와퍼는 토마토도 양상추도 시들시들 엉망이었다. 전날 갔던 국립현대미술관에서는 아홉 살이나 열 살 정도 되어 보이는 남매가 재잘재잘 떠들며 그림을 보다 술래를 잡다가 저들 마음대로 했다. 미술관 카페에서 마신 '피카'는 텁텁하고 향이 약했다.

그 모든 곳에 맛없는 음식과 괜찮은 어른과 귀여운 아이가 함께 있었다. 어른은 어른답게, 아이는 아이답게 있었다. 집에 있는 아내와 아이들이 생각났다. 스톡홀름의 여름이 그렇게 좋다는데, 다음에 같이 올까. 같이 올 수 있을까. 같이 오면 좋겠다. 여기라면, 맛있는 건 별로 없지만 어쩐지 행복할 것 같은 확신이 들었다. (나중에 알고 보니 연어는 우리나라에도 수입되는 양식 연어라고 했다. 바닷가재는 북해산이 아니라 러시아산이었다. 노량진의 그것과 같은 가재라는 말이다. 그냥 그렇다고.)

이듬해 여름에는 제주도에 갔다. 우리 부부에게 미취학 아동과 함께했던 제주도에서의 지난 2박 3일은 한여름의 유격 훈련이나 다름없었는데, 행복해하는 아이들이 교관처럼 우리를 당근과 채찍으로 단련시켰다. 훈련은 성공적이었고, 그렇게 더욱 강인해진 우리 부부가 3박 4일 여행을 재차 실행하게 된 것이다. 지난번에는 헬로키티 박물관과 코코몽 월드를 갔었다. 그러니 이런 생각도 들 법했다. 이제 아이들도 한 살씩 더 먹었으니 색다른 장소에 가도 되지 않을까. 요즘 제주도에 핫하고 힙하고 쿨한 곳이 그렇게 많다는데. 우리 아이들이 이제 주스나 아이스 초코도 좋아하니 카페를 가볼까. 그렇다면 그래, 검색을 좀 해볼까?

시원한 바다가 보이고, 어반한 분위기를 풍기고, 편안한 휴식을 즐길 수 있는 카페와 식당은 물론

쉽게 찾을 수 있었다. 그런데 그중 몇몇은 '노키즈존'이었다. 그 카페와 식당이 지향하는 분위기와 그곳을 찾는 손님의 만족감에 아이는 방해 요소일 뿐이라는 뜻일 터였다. 수년간의 훈련으로 인해 강인해지고 단단해진 우리 부부도 주눅이 들 수밖에 없었다. 노키즈존이라고 검색은 되지 않았는데, 정작문을 열고 들어갈 때 아이는 안 된다고 하면 어떡하지? 뒤돌아서서 아이에게 뭐라고 설명해줘야 하나? 너는 못 들어간단다, 너는 아이니까. 너희는 저들을 필시 방해할 테니까, 떼쓰고 떠들고 울고 뛰고 물을 엎지르고 음식을 흘리고 휴대전화를 보여달라 할 테니까, 본시 아이는 그런 존재니까, 너는 안 된단다…. 이렇게 말하면 되려나.

그때도 지금도 답을 찾지 못해 우리는 검색의 종류를 바꿨다. 아이와 함께 가도 좋을 만한 명소로. 대형 식당과 북적거리는 카페와 비슷한 콘셉트의 박물관 들로.

하루는 안전하게 작년에 갔던 식당에 다시 가기로 했다. 중산간에 있는 이탈리안 레스토랑이었다.

외진 곳이라 조용했고, 젊은 요리사와 서버가 아이에게 친절하게 말도 걸어주어 매우 편안했고, 맛도 좋았던 기억이었다. 간판은 전과 같았다. 문을 여니 그날보다 사람이 더 없는 듯했다. 아니, 아무도 없었다. 아무도 없다면, 아이를 흘깃거리는 사람도 없을 거여서 더 안심이다. 인테리어는 바뀐 듯했다. 분명 오픈 주방이었는데, 주방이 보이지 않았다. 메뉴판도 바뀌었고, 사람이 왔는데 응대도 늦었다. 뭐, 그럴 수도 있지. 우리 넷은 창가 테이블에 자리를 잡고 메뉴판을 펼쳤다.

— 여기는 노키즈존이 아니지만, 키즈존도 아닙니다. 아이를 단속해주세요.

그렇다면 키즈존이 아니니까 나가야 하나? 그렇다고 노키즈존인 것은 아니니 그냥 있어도 되나? 수상한 박력이 넘치는 문구에 잠시 혼미했다. 주인은 아량이라도 베풀듯 나가라는 말은 하지 않았다. 그렇기에는 손님이 없었다. 우리 또한 이미 중산간까지 들어온 여행객이고, 여기 아닌 다른 곳은 검색

해놓지 않았으므로 선택의 여지가 없었다.

작년에 맛있게 먹은 메뉴를 거의 그대로 시켰다. 곧이어 음식이 나왔고 플레이팅부터 미심쩍었는데, 한입 먹자 의심은 확신이 되었다. 여기는 맛이 없다. 작년 그 집이 아니다. 친절하던 청년들이 권리금만 받고 이분들에게 가게를 넘긴 게 분명하다. 파스타는 크림이 묽어서 국물 요리처럼 보였다. 수비드 삼겹살은 집에서 만든 수육보다 못했다. 피클은 시판되는 제품이었고, 에이드는 탄산이 부족했다.

아이들 입맛은 어른보다 더 솔직해서 먹는 둥 마는 둥 하더니 음식을 완강하게 거부했다. 그렇게 몇 입 먹다가 값을 내고 나왔다. 해는 저물었고, 어디서 저녁을 다시 먹여야 하나 걱정이었다. 아니 걱정보다 모욕감이 먼저였다. 지금 아무도 없는 식당에서 무슨 일을 당한 건지 알 듯 모를 듯 했다. 사장님, 여기는 노키즈존도 키즈존도 아닐뿐더러, 이 맛도 저 맛도 아닙니다. 제발 맛부터 단속해주세요.

이후로 아이들과의 여행을 더 철저하게 준비하게 되었다. 각 지역 맘카페에 기대게 되었으며, '아이들과 함께 가기 좋은' 같은 문구를 붙여 검색창에 입력한다. 이른바 키즈존만 찾아다니는 것이다. 대형마트, 쇼핑몰, 프랜차이즈 식당 같은 곳이다. 그곳의 음식들도 나름 괜찮다. 언젠가부터 남이 해주는 음식은 어지간하면 다 맛있게 느껴진다. 차리지 않아도 되고, 치우지 않아도 된다는 해방감이 크다. 그곳이 노키즈존만 아니라면, 어른과 아이가 함께일 수 있다면, 어린이를 환대해주는 곳이라면 괜찮다. 특별히 맛있지는 않더라도, 거기에 나와 우리의 아이들이 있으니까. 그저 그런 맛이라도 나와 아이에게는 다행이니까.

그 누구도 아이가 아니었던 사람은 없는데, 아이가 없는 공간을 찾는 사람이 이렇게나 많다는 사실이 가끔은 맛없는 맛집의 긴 줄만큼이나 의아하고 애처롭다. 꼭 노키즈존이 아니더라도, 나머지 공간 전부가 이른바 키즈존인 것도 아니어서, 오늘도 여느 식당에는 아이를 단속하느라 휴대전화를 쥐여주고, 아이가 뭐라도 엎지를까 봐 전전긍긍하고, 옆 테이블에 거슬릴까 봐 아이에게 먼저 더 소리를 높이는 엄마가 많았을 것이다. 아빠도 종종 있었을 테고.

그들에게 그날의 식사는 무슨 맛이었을까. 코로 들어가는지 입으로 들어가는지 모르게 밥을 먹게 하는 이는 누구인가? 우리의 아이인가? 그건 아니라고 고개를 흔들어본다. 스톡홀름에서 들었던 〈상어가족〉이 다시 들리는 듯하다. 상어네 아이는 가족 빼고 늘 혼자였지만, 우리네 아이는 가족 말고도 혼자가 아니었으면 좋겠다. 맛은 아무래도 그다음 문제일 것이다.

먹지 마세요,
피부에 양보하지도 마세요
알로에

김미정

직장인. '배달의민족' 주최 제1회 치믈리에 자격시험 수석 합격자.
띵 시리즈에는 '치킨'으로 참여할 예정이다.

얼마 전, 인간에게는 세 번의 노화가 찾아온다는 기사를 읽은 적이 있다. 그 처음이 바로 34세. 첫 노화의 풀악셀을 밟는다며 겁을 주는 사람들이 있던데, 이와 관련해 머리로는 알고 있으면서도 좀처럼 할 수 없는 일이 있다. 원래도 귀찮은 게 많은 인간인 나지만 정말로 극복하기 힘든 것은 바로 기초 화장품 바르기.

몇 번의 화장품 판매 아르바이트 경력으로 열심히 외우고 있는 스킨-에센스-로션-아이크림-크림의 순서. (대체로 묽은 제형에서 시작해 점점 되직해지는 순서로 진행된다.) 스킨, 로션밖에 모르는 화장품 까막눈이던 내가 이걸 습득한 지도 벌써 10년 정도가 된 듯하다. 그러나 아직도 스킨, 로션 두 가지는커녕 올인원 수분크림만, 그것도 이틀에 한 번, 그것도 겨울철에나 겨우 바르며 살고 있다. 정말 피부가 하얗게 일어나고 찢어져서 붉어져도 그것이 기초 화장품을 바르지 않아서라고는 상상도 못 한 채 살아온 나였다. 그렇기 때문에, 서른을 넘기고서야 겨우 챙겨 바르기 시작한 로션에 하얗게 일어나지 않는 피부를 느끼고서야 겨울철의 스킨, 로션은 생필품 범주에 들어간다는 것을 겨우 인정하게 되었다.

얼굴에 무언가 달라붙어 있다는 느낌에 몸서리를 치게 되는 것이, 단순하게 흡수라는 것을 기다리기엔 내 성질머리가 너무 성급하기 때문이라고 생각해왔다. 그런데 돌이켜보니 나에게는 퍽이나 이 느낌이 익숙했던 것이었다. 뜬금없는 화장품 타령을 하게 만든 이유, 내가 정말 싫어하는 알로에 때문이다. 사막도 없는 나라에서 알로에를 싫어하는 사람이라 화장품까지 싫어하게 되었다니 생소하게 들릴 수 있겠다. 식물 집사를 자처하는 이들이 내 주변에도 늘어나고 있는 요즘, 나에게 최초의 식물은 바로 알로에였다.

병문안이나 집들이 선물을 고를 때나 간혹 보게 되는, 이해할 수 없지만 음료 코너에 한자리를 떡하니 차지하고 터줏대감을 자처하고 있는 알로에 음료들. 알로에 알갱이를 포도향 음료에 가둬서 맛있는 척하는 기만적인 그 음료. 실물이라고는 라벨에 인쇄된 모습만 익숙한 그 알로에 화분이 우리 집에 있었다. 저걸 언제 갖다버리지 매번 고민하게 만들던 녀석. 물을 한없이 주지 않아도 마르지 않고, 콸콸

부어도 썩기는커녕 항상 촉촉하던 알로에. 소나무도 아닌 주제에 사시사철 푸른 모습으로 싱그럽게 존재했다.

　알로에는 나에게는 항상 공포의 대상이었다. 키우기가 어려워서도 아니고, 가시가 있어서도 아니고, 매일 씹어 삼켜야만 하는 존재였기 때문이다. 아직도 정복하지 못한 인류의 숙제라고 해야 할지, 한국인이 알고 있는 외래어 순위 상위권에 들 것만 같은 '알레르기' 질환, '아토피' 피부염을 앓던 나에게 아버지가 내린 처방이 바로 이 알로에였다. 사계절이 뚜렷했던(지금은 비록 봄여어어어어어름갈겨어어어어어울이지만.) 대한민국의 아이는 채소라고는 당근, 양파, 버섯 정도밖에 구분 못하는 미취학 아동 시절부터 뜬금없이 사막에서 온 알로에를 씹어 삼켜야 하는 운명에 처했던 것이다.

　알로에 화분에서 알로에 줄기를 칼로 잘라내면 점성이 덜한 노란 진액과 함께 투명한 진액이 실처럼 늘어나며 뚝뚝 떨어진다. 양옆의 가시를 칼로 제거하고 투명한 속살을 위아래 껍질에서 분리해 칼로 자르면, 이걸 씹어서, 꼭꼭 씹어서 삼켜야지만 알로에 먹기 과제에서 통과를 받을 수 있었다. 가뜩이나 물컹거리는 식감에 끈적한 진액이 나오고 씹을 때마다 풀 향이 강하게 올라오는데, 알맹이가 미끌거리는 통에 입안을 돌아다녀 단번에 씹어버리기도 쉽지 않다. 억지로 씹고 씹으면 알맹이가 작아질 뿐 사라지지 않는데 큰 덩어리를 그저 작은 조각들로 분쇄만 하여 잔뜩 머금고 있는 꼴이다.

예닐곱 살 무렵부터 콩밥의 콩이 먹기 싫어서 물과 함께 삼켜내던 나는 모든 콩을 처리하고 나서야 밥을 먹곤 했다. 덕분에 가루약을 울고불고 괴로워하며 먹는 아이들 사이에서 나는 물만 있으면 얼마든지 약을 꿀꺽 삼키는 데 도가 튼 알약 섭취 신동이었다. (하지만 어린이는 따라하시면 안 됩니다.) 그런 나였지만 씹으면 씹을수록 올라오는 비릿한 풀 향, 마치 덩어리진 가래침을 삼키는 듯한 느낌 때문에 점성이 가득하고 미끌거리는 알로에를 한 번에 삼켜내는 것은 만만한 일이 아니었다.

마음으로나 몸으로나 받아들일 생각도, 준비도 되어 있지 않은데 일단은 다 삼켜야 끝낼 수 있는 상황…. 지금 떠올려도 괴로움 그 자체이다. 그 이후 약 15년간 젤리, 주스, 영양제 등등 알로에 근처에는 한 번도 가본 적 없지만 기억을 다시 끄집어내니 아직까지 코끝에서 그 향이 맴도는 듯하다.

속에서 올라오는 역겨움을 참으며 알로에를 삼켜냈다고 끝은 아니었다. 아토피가 올라온 팔이나 다리에 알로에 진액을 덕지덕지 바른 채로 마를 때까지 가만히 기다려야 했다. 움직이지 않고 가만히 있어야 하는 것마저도 아이에게는 너무 어려운 과제였는데, 찐득거리는 풀 향을 맡으면서라니.

머리가 크고 중학생이 되어서야 알로에 지옥은 끝이 났지만, 모습이 썰어놓은 알로에와 비슷한 생선회조차도 전혀 입에 댈 수 없게 되었다. (다금바리도 참돔도 다 제치고 콘치즈를 먹는다.) 그리고 피부에 무언가를 바르는 일이 너무나 번거롭고 귀찮은 일이 되었다. 좀 바르고 다니라며 주변에서 선물받은 스킨과 로션은 먼지만 쌓인 채로 버려지기 일쑤였다. 대학에 들어가고 꽤 시간이 흐른 후에야 정말 '화장'을 해야 할 일이 있을 때 최소한의 장치로 기초만을 겨우 챙겨 바르기도 했지만, 그래도 평소 피부는 그동안과 다름없이 꾸준한 방치의 길을 걸어왔다. 서른 살 언저리까지도.

이상한 점은 나의 아토피가 정말 심각했는지 병원에 가서 확인해본 기억이 없다는 것이다. 그냥 어린 시절 통과의례처럼 지나가던 가벼운 증상이었는데 나만 알로에 지옥에 떨어진 것이 아니었을까 뒤늦은 의심이 고개를 든다. 몸으로 겪었다는 아토피인데도 그 증상이 무엇인지 잘 모른다는 것이 말이 되는 일인가. "알로에 덕분에 빨리 나아서 그렇다."는 엄마의 주장과 "정말로 고통받은 적이 없어서인 것 같다."는 나의 추측이 엇갈리는 와중에 유일한 증거인 어린 시절 사진에선 특별한 점이 보이지 않는다.

어쨌거나 주변의 증언이 엇갈리니 확인할 길이 없지만, 마음 한편에 사막에서든 온실에서든 잘 살 수 있었을 알로에들을 환자도 아닌 내가 괜히 먹어치워 없앴던 것은 아닐까 하는 영문 모를 죄책감 내지 후회는 존재하는 듯하다. 정작 나는 깐 달걀 같은 피부를 바란 적도 없고 피부가 가려워서 고통스러웠던 적도 없는데, 어째서 보기 좋은 피부를 얻으려고 그렇게 알로에와의 사투를 벌여야 했을까.

1인 1닭을 외치던 나는 이제 없다. 겨우 반 마리도 채 먹지 못하는 나를 보면서 노화를 체감하지만 이런들 어떠하리, 저런들 어떠하리. 오늘이 제일 젊고 제일 어린데…. 크게 좋지도 나쁘지도 않은 중도의 길을 걷고 있는 나의 피부에게 줄 영양은 이미 알로에로 다 채워놨다고 괜한 정신 승리를 하며 선물받은 앰플 뜯기를 미룬다. 서른네 살의 노화 풀악셀? 콧방귀를 끼며 검색을 해본다. 미국 스탠퍼드대학교 연구팀에서 발표한 연구 결과란다. 빠져나갈 구멍이 없다.

그리고 이건 절대 비밀이다. 소화가 예전처럼 안 된다고 하면 아버지는 그에 대한 처방으로 또 알로에를 썰어 먹으라고 할 것 같으니까.

또 하나의 이야기

마시멜로

이수희

작가. 띵 시리즈에는 '멕시칸 푸드'로 참여할 예정이다.

마시멜로. 마시멜로는 이름부터 귀엽다. 푹신하게 미끄러지는 발음과 보송보송한 단어의 모양. 구름 같기도 하고 고운 눈뭉치 같기도 한 것이 파스텔 톤 우윳빛을 띠고 옹기종기 모여 있다니! 마트에서 장을 볼 때면 마시멜로를 보기만 해도 흐뭇하다. 살벌한 자본주의 밀림 속에서 봉제인형을 발견한 느낌이랄까? 아기 엉덩이처럼 말랑말랑한 촉감과 보들보들 전해오는 달달한 향! 가수 아이유도 마시멜로를 사랑에 비유하는 노래를 불렀지 않은가. 마시멜로에는 없는 게 없다!

단지… 맛도 없을 뿐.

초코파이에 들어 있는 하얗고 끈적끈적한 것이 아닌, 마시멜로 그 자체를 처음 먹어보게 된 계기는 중학생 때 읽은 한 권의 책이었다. 마트 계산대에서 순서를 기다리던 중, 도서 코너에 놓인 그 책을 발견했다. 희고 도톰한 양장 표지에 그려진 동글동글한 삽화에 이끌려 "엄마! 나 이 책 사줘!" 외치고 말았던 나는 집에 도착하자마자 침대에 벌러덩 누워 푹 빠져 읽기 시작했다. 책의 문장은 쉽고 흥미로웠으며, 그림도 예뻤고, 그 무엇보다 나를 처음 느껴보는 방식으로 흥분시켰다.

'이 책을 만난 건 운명이야. 이 책이 내 인생을 바꿔줄 거야. 성적도 오르고! 다이어트도 성공하고! 그리고, 그리고… 어쨌든 다!'

그렇다. 이것은 내 생애 처음으로 맛본 자기계발서 『마시멜로 이야기』였던 것이다. 경영인 조나단과 그의 운전기사 찰리의 대화로 이루어진 이 소설형 자기계발서는 조나단이 자신의 마시멜로 실험 경험담과 성공담을 들려주고, 그걸 들은 찰리가 점차 변화해간다는 줄거리다.

이 책의 주제로 나오는 마시멜로 실험은 실제로 미국에서 미취학 아동들을 대상으로 시행되었다. 실험자는 피실험자 앞에 마시멜로 한 개를 두고, 15분 후에 오겠다고 말한다. 만약 그때까지 이 마시멜로를 먹지 않고 기다린다면 하나를 더 주겠다는 제안을 덧붙여서. 아이들은 각자의 선택을 한다. 그로부터 15년 후, 실험자는 피실험 아이들을 찾아 조사한다. 그러자 마시멜로 두 개를 먹은 아이들이 한 개를 먹은 아이들보다 상대적으로 더 나은 교우관계를 유지하면서 좋은 학교 성적을 내는 쪽으로 성장했다는 결론을 도출한다.

이 유명한 연구는 인내에 대한 우화로서 커다란 반향을 일으켰다. 『마시멜로 이야기』가 한국 출판계에 밀리언 셀러 돌풍을 일으킨 것만 보아도 그렇다. 그리고 나 역시 그 돌풍에 휘말린 아이였다. 당장 인생이 바뀔 것 같은 벅찬 두근거림이 화덕의 마시멜로처럼 부풀어 올랐다.

'이 책대로만 하면 나는 성공한 사람이 되는 거야!'

나는 어떠한 사람인지, 어떠한 환경에 놓여 있는지, 성공이란 무엇인지, 왜 성공해야 한다고 생각하는지 등등… 그때는 몰랐던 가장 중요한 질문들을 뒤로한 채, 꼬깃꼬깃한 용돈을 쥐고 다시 마트로 향했다. 책 속 주인공 찰리처럼 언제까지 참을 수 있을지 스스로를 시험해보기로 한 것이다.

첫째 날, 식탁 위에 마시멜로 하나를 올려두고 15분을 기다려봤다. 오동통한 마시멜로의 엉덩이를 바라보는 일이 지루했지만, 마침내 두 개의 마시멜로를 얻을 수 있었다. 그리고 다음 날, 그다음 날에도 마시멜로를 먹지 않을 수 있었고, 보상은 매일 배로 늘어났다. 이 순조로움이 마음에 들면서도 어딘가 미심쩍었다. 나에게 이렇게 인내심이 있었던가? 정말 그 책이 나를 바꿔버린걸까? 단 한 번에? 나 이제… 성공…이란 걸 해버리는 거야? 무언가 이상하다는 것을 감지한 나는 유리병 속에 가득 찬 마시멜로를 바라보다, 하나 꺼내어 입에 넣고 천천히 씹어보았다. 그리고 깨달았다.

'나 마시멜로 안 좋아하네.'

놀랐다. 맛이 없어서. 이 식감과 맛은 뭐랄까. 소파의 가죽이 쓸려 벗겨졌을 때 슬쩍 보이던 노란 스펀지를 보면서 상상했던 식감에 설탕을 뿌린 맛. 무엇보다 싫었던 점은 마시멜로가 침과 만나면서 내는 소리였다. 조용한 방에서 혼자 마시멜로를 씹고 있자니, 지…글…지…그르… 녹는 미미한 소리가 들려왔다. 동시에 미세 분무기로 김빠진 콜라를 뿌린 듯한 미지근한 기포가 느껴졌다. 서양인들은 떡을 먹으면 언제 삼켜야 할지 몰라 난감해한다던데, 나에게는 마시멜로가 그랬다. 이거 도대체 언제 삼켜야 하는 거지? 이 맛은 도대체 뭘까? 달긴 단데… 단거 좋아하는데, 달다고 삼키기에는 영 꺼림칙한 식감과 맛이었던 것이다.

허무했다. 그럼 이 실험은 뭐가 된단 말인가? 나의 자기계발은! 나의 성공은! 입안에서 지글지글 게으르게 녹고 있는 마시멜로가 나의 미래를 암시하는 것 같았다. 일단 남은 마시멜로를 당시 유치원생이었던 동생에게 그대로 갖다주었다. 녀석은 겉의 슈거파우더만 쪽쪽 빨아 먹은 뒤, 퉤 하고 뱉어버렸다. 야, 이거 내 용돈이야! 뱉지 말고 먹어! 먹으라구! 입에 넣는 족족 뱉어버리는 마시멜로를 주워 다시 동생에게 들이댔지만, K-미취학 아동의 앙다문 입술 사이에는 조금의 틈조차 없었다. 역시 마시멜로는 어린이에게도 맛없는 음식이 분명했다.

그렇게 나는 용돈을 잃고 성공의 불투명성을 얻었다. 동생은 소량의 슈거파우더를 얻었고, 쓰레기통은 침과 콧물이 묻은 다량의 마시멜로를 얻었다. 자기계발서가 주었던 그 벅차고 무한한 에너지가 내 안에서 폭삭 주저앉았다. 그냥 다 귀찮고, 에이 몰라 컴퓨터나 해야지 싶어졌다. (그 뒤로 아쉬운 마음에 초콜릿으로 같은 방식의 실험을 또 해보기도 했다. 초콜릿은 마시멜로에 비해 지나치게 맛있어서, 하루 만에 다 먹어버려 숙연해졌지만….)

그 이후로도 마시멜로를 맛보는 일은 꽤 있었다. 따뜻하고 귀여운 TV 광고를 따라 핫초코 위에 띄워서 먹어도 봤지만, 젖은 마시멜로의 미끄덩한 재질은 더욱 비호감이었고, 간혹 쿠키나 마카롱에 박혀 있는 마시멜로를 먹어보기도 했지만 영 마음에 들지 않았다. 크래커 사이에 초콜릿과 구운 마시멜로를 끼워서 먹는 스모어는 초코파이와 다를 게 없었고, 그나마 나은 마시멜로가 있다면 오레오 오즈 시리얼에 들어간 바삭한 마시멜로였다. 그러나 그 역시 우유와 닿으면 왜인지 싫었다. 그렇게 마시멜로는 내 인생에서 차츰 멀어져갔는데….

그러나 이쯤에서 다시 먹어보면 다르지 않을까? 궁금해졌다. 나이 먹으면 가지가 맛있어진다는 말에 콧방귀 뀌었지만, 지금은 없어서 못 먹을 정도로 좋아하게 됐다. 서른이 되면서 급격히 입맛이 너그럽게 변했기 때문이다. 그리하여 그 우스운 실험 이후 약 15년 만에 마시멜로를 사보았다. 요즘은 핫초코용으로 따로 판매하고 있어 소량으로 구매할 수 있었다. 마시멜로 하나를 꺼내어 살펴보니, 완만한 곡선의 형태가 작은 설원처럼 아름다웠다. 처음에 서술한 대로, 마시멜로는 진짜 귀엽다. 이걸 좋아하고 싶어! 하지만… 역시나 맛이 없었다! 그렇게 싫었던 가지도 맛있어졌는데! 마시멜로는 과자 주제에 여전히 맛이 없다니!

다시 『마시멜로 이야기』를 읽고, 마시멜로 실험에 대한 정보도 찾아보았다. 당시 미국에서는 이 연구가 센세이션을 일으키며, 각 가정마다 보호자가 자신의 아이를 대상으로 마시멜로 실험을 하는 일들이 벌어졌다고 한다. 그리고 수많은 보호자들이 낙심했다나. 이쯤 되니 아마 나처럼 스스로를 실험해 본 아이들도 있겠다 싶어진다.

어릴 때의 인내가 미래까지 영향을 끼친다는 '만족 지연'이라는 주제의 이 유명한 실험은 훗날 수많은 오류가 밝혀졌고 숱한 비판을 받았다. 이어 뚜껑 실험, 신뢰 실험 등으로 다양하게 변주되었고, 결국 보호자가 형성해내는 환경 조건이 선택의 순간에 주요하게 영향을 미친다는 것이 밝혀졌다. 아이의 기질이 어른이라는 환경을 앞설 수는 없는 것이다.

자기계발서 장르 자체를 비판적으로 바라보는 이들이 많다. 그에 일부 공감하는 바지만 나는 이 역시 하나의 독서 경험으로서 여전히 즐기고 있다. 우당탕탕 마시멜로 실험 사건 이후로도 다양한 자기계발서를 접하며 『마시멜로 이야기』 역시 성공을 위한 수많은 방법론 설파 중 하나일 뿐이라는 것을 이해하게 되었다. 하지만 마시멜로 낙인이 찍혀 고통받은 아이들이 있지는 않았을까 뒤늦은 우려가 든다. 마시멜로 단 하나로 재단받기에는 무궁무진한 미래가 어린이에게 있지 않은가.

"나는 전 세계에서 가장 사랑받는 과자 중 하나라구! 실험과 책에 이용됐을 뿐이야!"

혹여나 마시멜로가 이렇게 억울해한다면 글쎄, 이 글 역시 마시멜로를 싫어하는 사람이 마시멜로를 이용한, 또 하나의 마시멜로 이야기일 뿐이라고 답할 수밖에.

나도 사실 낙지와 문어를
먹지 못하는 사람이잖아

두족류

정의석

강북삼성병원 흉부외과 의사. 띵 시리즈에는 '병원의 밥'으로 참여
해 『미음의 마음』을 출간했다.

처음, 살아 있는 낙지를 보았던 날, 나는 낙지가 나보다 똑똑할 것 같다는 생각을 했다. 아주 오래전, 장마가 막 지나간 여름이었다.

아버지의 친구 가족과 함께 찾아간 서해안 낡은 횟집의 작은 수조 안에는 낙지 몇 마리가 웅크리고 있었다. 다리는 여덟 개, 모든 다리에는 촉수가 달려 있었다. 뼈가 없고 구불거리는 다리로 수조 안을 자유롭게 움직였고, 수백 개의 촉수를 이용해 수조 벽을 자유자재로 오르내렸다. 낙지들은 머리를 물속에 둔 채로 수조 벽에 붙어 물 밖으로 다리를 내놓기도 했다.

나는 횟집 간판 앞에 서서, 고작 팔과 다리 두 쌍에 손가락과 발가락 열 개씩을 가진 나의 모습과, 우월한 기능을 지닌 다리 여덟 개를 가진 낙지의 모습을 비교하며, 수조 안을 바라보고 있었다. 왠지 낙지와 눈이 마주치는 것 같은 기분도 들었다. 그때 아버지 친구분이 나와 또래 친구들을 보고 "산낙지 먹을 줄 아니?"라고 물어보았다. 나는 '산낙지'가 무엇인지 몰랐지만 "네." 하고 대답하고는 식당 안으로 들어갔다.

초등학교 3~4학년들에게 처음 보는 낙지의 모습은 충격적이었다. 낙지가 괴물이나 외계인 같다는 이야기도 했고, 바닷속에는 수십 미터 크기의 문어가 존재한다는 말도 나왔다. 그중 고학년인 누군가가 낙지는 몸의 색과 무늬도 마음대로 바꿀 수 있다는 이야기를 해주었다. 그는 "몸의 색도 자유롭게 바꾸고 많은 다리를 마음대로 움직이는 것을 보면 낙지는 고등생물이다."라는 말도 했다. 나를 포함한 대부분은 그가 말한 고등생물이 무슨 뜻인지는 몰랐지만 눈치껏 머리가 좋은 생물이라고 짐작했다. 나는 말했다.

"머리가 그렇게 크니까 그럴 수밖에."

당시 초등학생들이 흠뻑 빠져 있던 각종 비과학적 '썰'을 풀어대는 과학만화에는 미래인류에 대한 그림이 있었다. 그 책은 용불용설을 신봉하는지, 두뇌를 많이 사용하면 머리가 커진다는 설명과 함께 대단히 큰 머리에 퇴화해 초라해진 몸과 팔다리가 붙은 미래인간의 그림이 있었다. 부연 설명 역시 확실했다. 원시인은 두개골 용량이 현대인에 비하면

형편없이 작고, 덩치가 큰 고래상어의 뇌 용량이 머리 좋은 돌고래의 뇌 용량에 비해 매우 작다는 내용이었다. 두뇌 용량과 기능은 비례한다는 확신에 찬 결론이었다.

나도 낙지의 모습에 같은 논리를 적용했다. 낙지의 신체 대비 머리 크기는 어떤 바다생물보다 월등히 커 보였다. 나는 분명 낙지가 천재적 IQ를 가졌을 것이라고 결론을 내렸다. 누군가 그날 이야기했던 것처럼, 낙지는 사실 우주인일지 모른다는 가설에도 설득당했다. 밤마다 공포에 떨면서 읽었던 허버트 조지 웰스의『우주 전쟁』속 문어형 우주인이 비행접시를 타고 오다 추락해, 그 후손이 지구의 바다에 서식하는 동물이 낙지 같다는 거였다.

멍하니 상상만 하면서 떠들어대고 있을 때 산낙지가 식탁에 올라왔다. 수조 안에서 보았던 낙지의 다리가 잘라져 참기름이 살짝 둘러진 채로 눈앞에서 꿈틀거리고 있었다. 처음 보는 광경이었다. 깜짝 놀라 접시만 바라보고 있을 때, 어른들은 아무런 주저 없이 낙지를 집어 입에 넣었다. 그중 한 명은 아주 호기심 어린 표정을 지으며 나에게도 먹어보라고 꿈틀거리는 낙지를 입 앞으로 가져다주었다.

　나는 잠시 두려움을 참고, 꿈틀거리는 낙지를 입안에 넣었다. '도도독' 낙지의 발이 나의 혀에 달라붙었다. 당황스러웠지만 고소했고, 쫄깃했다. 어른들은 "산낙지 먹을 줄 아네…." 하며 한참을 웃었다. 맛이 있었다. 나는 묘한 죄책감을 가진 채 플라스틱 접시에 달라붙어 버티는 마지막 낙지 다리까지 뜯어 입안에 넣었다. 낙지의 지능 등에 대한 고민은 모두 보류했다. 그렇게 낙지는 내가 가장 좋아하는 음식이 되었다.

　여름이 끝날 무렵 나는 엄마와 시장에 갔다가, 처음으로 '문어'를 보게 되었다. 생선 좌판의 얼음 사이에 누워 있는 꽤 큰 문어였다. 이미 죽어 힘은 없어졌지만 머리가 정말 컸고 축 처진 다리도 무척 길어 보였다. 가슴이 콩닥거렸다. 수조 안의 낙지가 생각났다. 주황색 커다란 문어와 기억 속 낙지를 비교했다. 이 문어도 바닷속에서 살던 시절에는 수조 속 낙지처럼 움직이고 행동했을 것이 분명했다.

　문어는 낙지와는 차원이 다른 것 같았다. 보다

컸고, 보다 위압적이었다. 나는 확신할 수 있었다. 문어는 머리가 좋은 고등동물이며 추락한 우주인과 유전적으로 가까운 동물이라는 주장을 이제는 배제할 수 없었다. 나는 엄마에게 논리적으로 나의 발견을 설명했다. 낙지나 문어가 머리가 큰 동물이니까 IQ가 진짜 높을 것이며, 여러 가지 상황을 미루어 짐작할 때 『우주 전쟁』에서 추락한 우주인과도 비슷하다고….

나의 엉뚱한 '주장'에 익숙한 엄마로부터 처음 들은 반론은 '두족류'라는 낯선 단어였다. 문어는 두족류에 속하며, 그 뜻은 몸통 없이 머리에 직접 다리가 붙은 동물이라는 것이었다. 이해되지 않았다. 우리가 문어 머리라고 부르는 부분이 사실 문어에게는 배에 해당하고, 눈과 입이 붙은 좁은 연결 부분이 그들의 머리라는 게 엄마의 설명이었다.

"그러니까 두족류(頭足類)라고 하는 거야. 한자 공부를 안 하니까 뜻을 모르지."

나는 설득되고 있었다. 결국 문어는 다리가 직접 붙은 머리 위에 커다란 배를 올리고 돌아다니는 동물이었던 것이다. 과학만화나 『우주 전쟁』의 외계

인처럼 두뇌가 발달한 고등동물이 아닌, 배를 머리 위에 올려놓고 다닌다는 것이 문어와 낙지를 둘러싼 실체적 진실이었다. 충격적이었다. 문어는 머리가 큰 게 아니라, 배가 나온 동물이고, 우주인도 아니며, 사실은 배가 아프면 머리처럼 보이는 곳을 문질러야 하는 이상한 동물이라는 것이.

한참의 시간이 지났다. 그동안 먹어온 산낙지 다리를 길게 연결하면 서울 속초 간 고속도로를 스무 번 이상 왕복할 수 있을 만큼의 시간일 것이다. 나는 가족들과 토요일 오후 속초행 고속도로를 탔다. 병원을 떠나고 싶은 답답한 마음이었다. 바다가 보고 싶다는 생각뿐이었다. 길은 늘 그렇듯 막혔고 우리가 속초에 도착한 시간은 모두가 점심식사를 마치고 커피를 마시는 애매한 시간이었다. 막국숫집도, 칼국숫집도, 물횟집도, 작은 밥집들도 모두 '브레이크 타임'을 외쳤다.

전화를 돌리고 돌리다가 찾아간 곳은 한 해물탕집이었다. 방송에 나왔는지 벽면에는 연예인들의 사진과 사인이 붙어 있었다. 무엇이든 먹을 듯한 표정으로 식당 안에 들어온 우리 가족에게 사장님은 특별한 해물탕을 권했다. 그녀의 눈빛은 자신만만했다. 커다란 솥에 해물이 가득 담겨 나왔다. 매운 양념이 국물에 섞여 팔팔 끓기 시작할 때, 그녀는 커다란 통을 가져와 자신 있게 통 안쪽을 보여줬다.

"오늘 잡은 돌문어예요. 이게 아무 집에나 없는 것이죠."

커다란 눈을 가진 문어가 통 안에서 웅크리고 있었다. 내 머리만 한 문어였다. 문어는 그녀의 집게에 잡혀 솥 안으로 들어갔다. 마지막 긴 다리가 빈 통에 달라붙었지만 그 다리가 그를 구원하지는 못했다. 문어는 아주 천천히 꿈틀거리며 해물탕 속으로 들어갔다. 빠져나오려는 그의 모든 시도에 맞춰 뚜껑이 서너 번 움찔거렸다. 해신탕이라고 부르는 음식은 사장님의 자부심 이상으로 맛이 있었다. 돌문어의 식감과 매콤한 국물 맛은 놀랄 만큼 어울렸고, 문어 특유의 감칠맛도 국물에 우러나왔다.

끝없는 극찬 속에서 우리는 국물에 라면을 끓여 먹었고, 문어 다리를 잘게 잘라 밥을 넣고 김을 부숴 참기름과 깨를 뿌려 볶아 먹었다. 정말 맛있었다. 우리 가족은 앉은자리에서 한두 시간 동안 먹는 일에만 집중했다. 덕분에 회를 먹으려던 저녁 계획은 모두 취소되고 말았다.

그렇게 그날 먹은 문어가 나의 마지막 문어가 되었다.

다음 날, 지역 서점에 들러 책을 한 권 샀다. 문어에 대한 이야기였다. 아무 기대 없이 아이들과 함께 갔던 서점에서 가판대에 있던 책을 잠시 읽다가 집까지 가져오게 되었다. 꽤 두꺼운 그 책을 반나절 만에 끝까지 읽었다.

책을 읽는 내내, 어릴 적 처음 보았던 낙지와 문어의 기억이 떠올랐다. 내가 어릴 적 상상했던 문어형 우주인들도 기억 속에서 호출되었다. 내 어릴 적 판단은 절반 정도 맞는 것이었다. 문어와 낙지는 고등생물에 가깝게 진화된 동물이라는 것이 이 책의 주장이었다. 그들은 기억력이 매우 좋으며, 뛰어난 신체 능력을 유지하고, 복잡한 감정 교류를 하며 친근감과 따뜻함, 적대감과 공포 그리고 절망까지 느낀다는 것이었다. 심지어 인간과도 충분한 의사소통이 가능하다고 했다. 굳이 말하자면 IQ가 70에서 90 정도? 어제의 문어는 그의 생의 최악의 마지막 날을 뜨거운 물 속에서 고통받다가 생을 다하였겠구나. 조금 멍한 느낌이었다.

얼마 후 두족류에 관한 다른 책도 찾아 읽게 되었다. 문어라는 동물이 인지기능, 친교 능력을 가지고 있다는 여러 고찰을 넘어, 개체마다 다른 각각의 성격과 경향을 가지고 있다는 부분에서 책을 잠깐 덮게 되었다. 더구나 사람을 구별할 수 있다는 항목에 이르러서는 심각한 혼란에 빠졌다. 문어는 사람을 구별하는데, 인간은 문어를 구별하지 못한다…. 그 책을 다 읽은 이후, 꽤 오랫동안 꼬리에 꼬리를 무는 고민을 하게 되었다. 과연 인간이 문어나 낙지를 먹는 것은 적절한가? 고등동물을 끓는 산 채로 물 속에 넣어 숨통을 끊는 것이 요리일까? 우리가 그 잔인함을 너무 인식하지 못하는 것은 아닌가?

결국 나는 문어를 삼키지 못하게 되었다. 불과 한두 달 전까지 가장 사랑하는 음식 중 하나였던 문어와 낙지를, 입안에 넣고서도 전혀 삼킬 수 없는 이상한 일이 일어났다. 문어 요리를 보면 가장 먼저 책의 내용이 떠올랐고, 절규하며 나의 입속으로 사라졌을 고등동물들이 생각났다. 그리고 입에 넣어도 아무 맛이 나지 않았다. 문어를 잘게 썰어 넣은 볶음밥을 먹었을 때, 그토록 좋아했던 파에야를 먹었을 때, 말랑말랑하고 풍부하던 문어의 식감이 모래알처럼 다르게 서걱거리기 시작했다. 굳이 먹고 싶지 않았고, 먹어야 할 이유도 없었다.

내 머릿속은 문어를 음식으로 생각하지 않게 되었다. 우리가 배가 고프더라도 개 사료를 보고 식욕을 느끼지 않는 것처럼, 신발을 보고 먹고 싶지 않은 것처럼, 더 이상 문어와 낙지 요리를 음식으로 느끼지 못하게 되었다. 누가 고무 지우개와 같은 맛의 식재료를 입안으로 넘기려고 하겠는가. 먹을 이유가 없었고, 먹지 못하게 되었다. 그렇게 5년이 흘렀다.

나는 채식주의자가 아니다. 육식을 매우 즐기고, 회를 먹기도 하고, 치킨을 시켜 맛있게 먹기도 한다. 고기를 먹으며 소와 돼지의 얼굴을 떠올리지 않고, 치킨을 먹으며 병아리를 연상하지도 않는다. 그런데 문어와 낙지로 만든 음식을 보면, 문어와 낙

지에 대한 생각이 떠오른다. 왜 하필 문어와 낙지에
만 그런 생각이 드냐고 묻거나, 육식은 어떻게 가능
하냐고 묻는다면, 개인의 취향이라고 답할 뿐이다.

나의 변화는 문어나 낙지의 권리에 대한 신념이
나 믿음 때문이 아니었다. (물론 그들을 산 채로 끓는 물
에 넣는 행위는 안 하면 좋겠다.) 책을 읽으며 그들을 특
별한 존재로 인식하게 되었고, 그들의 고통에 공감
하게 되었다. 그 인식 변화는 내 잠재의식 속 어딘가
에서 문어와 낙지를 식용 생물 리스트에서 제외시켜
버렸다. 그리고 일어난 변화가 그들의 맛을 전혀 못
느끼게 된 것이었다. 이상한 경험이었다. 취향의 변
화라고 생각했지만 취향을 넘어선 나의 근본 인식의
변화였다.

가끔 우리는 사소한 특정 행동을 하지 못하는
사람을 보게 된다. 그럴 때 많은 사람들은 그를 변화
시키려고 한다. 의지의 문제이니 고쳐보라고 말하
기도 한다. 내가 문어와 낙지를 먹지 않게 되자 누군
가는 내 입안에 문어 숙회를 억지로 집어넣기도 했
고, 오징어라며 낙지 다리를 먹이기도 했다. 그러나

나는 그것들을 도무지 삼킬 수 없었다. 먹을 수 없었다. 안 하는 게 아니라 못하는 것이었다.

세상에는 누군가에게는 절대로 할 수 없는, 하지 못하는 작은 일들이 존재한다. 어떤 행동을 절대 할 수 없는 각자의 이유들은 우리가 알 수 없는 취향의 뿌리 속에 자리 잡고 있는 것 같다. 취향보다 더 밑에 자리 잡은 개인 간의 차이는 매우 별것 아닌 것 같지만 엄격하고, 그 차이의 원인을 알 수 없다. 음식으로 받아들일 수 없는 것은 먹지 못하고, 집이 아니면 자지 못한다. 그런 사람에게 굳이 우리는 권유와 강요 사이에서 그들의 취향 깊은 곳을 교정해주려고 한다.

"그걸 대체 왜 못해?"

누군가에게 그렇게 물어보고 싶은 순간이 돌아오면, 나는 행동을 멈추고 바뀌지 않을 나의 취향을 생각하며 혼자 중얼거려본다.

"나도 사실 낙지와 문어를 먹지 못하는 사람이잖아."

가장 맛있는 것만 모아서 준 건데

김밥 꽁다리

임진아

삽화가. 에세이스트. 띵 시리즈에는 '팥'으로 참여할 예정이다.

모르는 사이 어른이 되었다. 멀게만 느껴지던 그것이 실은 나 그 자체일 때, 입술 양쪽이 삐쭉 하고 내려간다. 아차 하는 사이에 아뿔싸 할 시기를 놓쳐버린 기분. 이건 생각하지 못했던 어른인데, 이게 다 자란 거라니. 뭐 어쩔 수 없나 싶어 지금의 좋은 점과 지금이라서 다행인 점을 발견하려 들면, 지금이 너무 좋고 옛날은 끔찍하게만 느껴진다. 다들 비슷한가 싶어 주변 지인들에게 물어보면, 열이면 열 모두 내 질문에 물음표가 찍히기도 전에 대답한다. "절대 돌아가기 싫어." 이 한마디에는 저마다의 아찔함이 서려 있다.

싫은 사람을 안 만나도 돼서 다행이야, 싫은 소리를 들어도 한 귀로 흘려버릴 수 있는 여유가 생겨서 다행이야, 먹고 싶은 걸 먹고 싶은 시간에 먹을수 있어서 다행이야, 그 회사에 가지 않아도 되니 다행이야, 그 인간과 멀어져서 다행이야, 집을 나와서 다행이야, 사람 많은 곳에 안 가도 돼서 다행이야!

현재 나라는 어른은, 하루씩 일상을 좁히며 살고 있다. 이렇게 될 줄 알았으면 좀 더 다양하게 지내볼 걸 그랬나 싶다. 좋은 걸 더 좋아할 걸, 싫은 걸

자세히 보며 오히려 우스워할 걸 하면서, 의미 없는 후회를 한다. 지금의 나는 좋아하고 아는 것에만 몰두하려 한다. 피하고 싶은 건 피하고, 피하지 못했다면 눈을 뜬 채로 잠시 전원을 끄면서 지낸다. 대부분 집과 작업실만을 오가며, 일주일에 한 번 친구를 만나기로 하면 '이번 주는 좀 바쁘겠군.' 하면서. 안심되고 예상되는 나날을 노곤노곤하게 지내고 있다.

삼십대 중반의 어른이 프리랜서라면 어쩔 수 없는지도 모른다. 나의 성향은, 나의 식문화에도 그대로 이어진다. 만나기 싫은 사람을 더는 만나지 않는 것처럼, 아예 못 먹거나 너무 싫어하는 음식을 만날 기회 자체가 적다. 애써 안 좋은 생각을 꺼내는 데도 이제는 에너지가 필요하고, 아는 맛을 만끽하기에도 남은 내 삶은 짧게만 느껴진다.

나의 선호에 따라 끼니를 정할 수 있고, 누군가와 만날 때에도 서로 좋아하는 음식 앞에서 보게 된 지 꽤 되었다. 어느 정도 서로를 알게 된 후에는 만나자, 보고 싶다는 말을 "하이볼 앞에서 만납시다."라거나 "우리 슬슬 빵 산 쌓아야지." 하며, 우리의 다음을 지난번과 비슷하게, 다시 한번 구체적으로 그린다.

따끈따끈한 호감이 생긴 이가 맑은 표정으로 하필 내가 못 먹는 음식을 먹자고 제안할 때면 나도 모르게 미안한 마음이 들곤 했지만, 이때야말로 내 음식 취향을 솔직히 말할 차례이며 서로의 차이를 좁혀가는 계기로서 설렘 포인트가 된다. 사람이 이상하게 착하면 묘한 거짓말쟁이가 되어버린다. 관계는 아무도 모르게 불투명해진다. 이제 막 친해진 사람이 "장어 좋아하세요? 잘하는 집을 알아요." 하고 신이 난 표정으로 말할 때, "제가 장어는 못 먹어서요. 장어 좋아하시는군요." 하고 솔직하게 털어놓는다. 나와 다른 지점을 그로부터 발견하면서, 나는 절대 겪지 못할 맛을 행복으로 삼는 이의 하루를 상상하면서.

얼마 전에는 집에 놀러 오라던 친구가 "우리 밥은 배달해서 먹자. 쉐이크쉑 버거 어때?" 하고 물었을 때, 단번에 솔직하게 대답했다.

"거기 새우버거 있나?"

"요즘 비건이야?"

"내가 패티를 잘 못 먹어서."

그렇게 말하고 찾아보니 쉐이크쉑에는 버섯 튀김을 넣은 채식 메뉴가 있었다. 나는 따지자면 플렉시테리언(평소에는 비건이며, 상황에 따라 육식을 하기도 한다.)이라 고기 먹기 싫다는 말을 하기 어려울 때는 잠시 멍하게 육식을 하곤 하는데, 그게 패티라면 좀 참기가 어려워서 고백해버렸다. 나, 다진 고기를 잘 못 먹어. 새우를 먹는 건 비건이 아니라는 말은 타이밍을 놓쳐 하지 못했지만 잘 놓친 것 같다.

싫어하는 건 오히려 만나기 쉽지 않다. 어른이 돼서 좋은 이유야 많지만 딱 하나를 꼽자면, 싫어하는 것을 나의 힘으로 안 만날 수 있다는 점이 아닐까. 하지만 어른이라서 더 진해지는 게 있다. 나이가 들고 나의 생활이 생기면 이제는 잊을 만한 기억들은 안 떠오를 줄 알았는데, 그게 그렇지 않았다. 떨쳐버리고 싶은 것들은 끝내 내 안 끄트머리에 자리하고, 잊기 싫은 소중한 장면은 생각하면 할수록 닳듯이 사라진다. 그런 연유로 어떤 음식 앞에서 처음으로 얼떨떨해진 일화는 그 음식에 끝까지 매달려 있다. 싫다고 말하기엔 애매하지만 끝내 꺼려지는 음식. 그게 싫어하는 거야, 라고 말한다면, 그래 사실 맞아, 하며 끄덕이게 될 음식.

싫어하는 음식이라고 종종 생각이 일어나는 건, 자주 만날 수 있는 음식이기에 그렇다. 눈에 또 보이니까, 게다가 또 내가 선택한 음식이니까. 오래전에 만난 장면이 여태 그 꽁다리에 매달려 있는 건 그런 이유다.

프리랜서에게 물어본다. 이번 주에 김밥 드시지 않았나요?

나는 평균적으로 한 주에 두 줄 정도는 먹는 것 같다. 묵은지김밥, 묵은지참치김밥, 참치마요김밥, 진미채김밥, 오이가 든 김밥, 당근이 든 김밥 모두 내가 좋아하는 김밥이다. 김밥은 일을 하면서 간편하게 먹을 수 있어서 좋고, 작은 컵라면 하나랑 먹으면 그 과정이 고개가 양쪽으로 흔들릴 만큼 재밌어서 일부러 고르는 점심 메뉴이다. 포장을 요하는 음식치고는 쓰레기가 많이 생기지 않는다는 점도 큰 매력으로 다가온다. 포일 한 장과 거절할 수 있는 검정 비닐봉지. 맛있는 한 끼가 깔끔하게 해결된다.

이 글을 쓰는 지금을 기준으로 따져보자면 바로 어제 먹었고 그저께도 먹었다. 김밥은 김과 밥만으로 이루어진 두 글자 단어다. 국밥이라는 단어를 만든 이가 만든 말일지도 모른다. 그 안에 들어가는 다채로운 재료는 과감히 생략해버린 이름. 김밥은 '다채롭다'라는 형용사가 가장 잘 어울리는 음식이 아닐까? 김밥 앞에 원하는 재료를 얼마든지 넣어 완전히 다른 맛을 낼 수 있게 만든 이름이라니 너무나 근사하다. 참치김밥과 치즈김밥을 떠올리면 먹을 때의 기분이 완전히 달라진다. 오늘자 김밥을 고르는 건 내 일상에서 꽤 큰 즐거움이다.

김밥 한 줄을 먹다 보면 언제나 같은 지점에서 마음이 잠잠해진다. 혼자 먹을 때는 '에잇.' 하고 힘을 주며 입에 넣어버리거나 아예 반으로 찢어 야금야금 먹고, 누군가와 함께 먹을 때면 쓱 밀어내며 먹어달라고 말하는 그 지점. 바로, 꽁다리. 끝내 얼떨떨하고 꺼려지는 기분이 자리하는 부분.

김밥 꽁다리는 어쩜 그렇게 크고 삐쭉삐쭉할까. 재료가 아무렇게나 튀어나와 있어서 매끄럽게 썰린 반듯한 김밥들 사이에서도 단연 눈에 띈다. 김밥 꽁다리를 보면, 나는 어쩌다 꽁다리를 잠잠하게 바라보는 인생이 되었을까? 하고 한 개도 안 웃긴 웃음이 나온다.

오빠의 소풍날 아침이었다. 나는 내복 차림이었고, 차림새답게 아직 어디에도 가지 않아도 되던 스케줄 없는 어린이였다. 바닥에 앉아 엄마가 김밥을 싸는 과정을 신나게 구경했다. 색색이 예쁜 재료들을 하나씩 집어 김과 밥 위에 쌓고 그걸 과감하게 말아버리면 김밥이라고 불리는 음식이 나타나는 과정. 긴 김밥에 참기름을 슥슥 바르고 칼로 자르면 아주 예쁜 단면이 나타난다. 고소한 냄새 때문에 먹지 않아도 이미 맛있어서 와하하하 웃음이 절로 나왔다. 신이 나면 꼭 하는 동작, 발과 손을 모두 바닥에 두고 엎드린 채로 발끝으로 바닥을 신나게 쳤다가 높이 들어 올리는 나름의 환희 퍼포먼스를 줄기차게 이어갔다.

커다란 찬합에 오빠의 김밥이 담겼다. 오빠는 소풍을 가서 점심시간이 돼야 먹겠지만 나는 오빠보다 먼저 이 김밥을 먹게 된다. 이 사실에 속으로 낄낄거렸다. 오빠는 한 명인데 대체 김밥을 몇 줄이나 싸는지 도시락은 참으로 컸다. 엄마에게 먹어도 되냐고 물어볼 때면 "잠깐만."이라는 대답이 돌아왔다. 그리고 엄마는 내 김밥을 따로 모아두었다고 하며 옆에 있던 접시를 나에게 내밀었다. 오빠 도시락 통에 탑승하지 못한 김밥 꽁다리들이었다.

흰색 꽃무늬 납작한 접시 위에 놓인 수많은 김밥 꽁다리들. 이것이 내 인생 최초의 김밥 한 접시였다. 서러운 마음이 솟구쳤다. 한 지붕 아래에 오빠라는 존재가 있어서 집안에서는 늘 여동생으로 자리하며 두 번째라는 타이틀로 살아본 사람은 알 것이다. 단지 김밥 꽁다리들이어서만은 아니었다. 또 김밥 꽁다리 모음집 같은 상황이 내 앞에서 펼쳐졌기 때문이었다. "거봐. 모두 오빠만 좋아하잖아."라는 해결되지 않을 절절한 시기와 질투가 오늘도 계속된다는 걸 온몸으로 느낄 뿐이었다. 어린 나이의 인생은 어린 만큼 삶의 농도가 쉬이 짙어지고 옅어진다. 가족들의 한마디, 작은 반응과 태도로 나는 늘 서글픈 상태로 하루를 맞이하고 있었다. 나는 흰 접시 위 꽁다리들이 못생겨 보여 미칠 것 같았다. 너무 나 같아서 뜨거운 눈물이 터졌지만 누군가 또 이렇게 말하는 소리가 들려왔다.

"가장 맛있는 것만 모아서 준 건데, 바보."

김밥 꽁다리는 그렇게 나에게 마음이 솟구치는 존재로 지금까지 자리하고 있다. 그런 건 좀 잊어, 너만 손해야, 라는 말을 듣기 싫어서 어디 가서 한 번도 말해본 적 없다. 김밥 꽁다리를 내려다보면 잠시 한 접시 가득 꽁다리뿐인 장면이 스쳐갈 뿐이니까. 조용히 먹을 수는 있으니까. 그리고 어차피 안 될 인연이었는지, 아무리 성장하고 나이가 들어도 내 입은 여전히 평균에 비해 작디작아서 김밥 꽁다리를 한 번에 넣기란 일종의 도전과도 같다. 나에게는 이래저래 한없이 먹기 힘든 음식이기만 하다.

김밥은 좋지만 김밥 꽁다리는 좀 그렇다. 붕어빵은 좋지만 너무 많은 붕어빵은 또 나를 잠잠하게 하는 것처럼. 겨울이 되면 붕어빵을 만날 기회를 놓치기 싫어 품 안에 2만 원 이상을 갖고 다니는 나지만, 스무 마리가 넘어가면 붕어빵 앞에서 울고 싶던 어린 내가 떠오른다. 미니 잉어빵이 스무 마리면 또 괜찮다. 붕어빵 스무 마리가 문제라면 문제다.

엄마와 아빠가 또 싸워 집에는 어린 오빠와 더 어린 나 단둘이 남게 되었던 어느 겨울밤이었다. 손을 꼭 잡고 동네를 다니다가 들어간 밝은 붕어빵집. 오늘은 밥으로 붕어빵을 먹자던 오빠의 말에, 싫지 않고 오히려 설레는 마음이 들었다. 오늘 저녁은 붕어빵이구나 생각하며 따뜻한 붕어빵집에서 잠시 몸을 녹였다. 여기에 있는 거 다 달라고 말하던 오빠는 씩씩했고, 나는 멀뚱했다. 몇십 마리의 붕어빵을 몇 봉지에 나눠 담으며 건네던 붕어빵집 주인아주머니는 웃으면서 말했다.

"왜 이렇게 많이 사? 엄마가 집 나갔니?"

나는 눈이 동그래졌고, 오빠는 그런 내 옆에 꼭 붙으며 "그냥 많이 먹고 싶어서요." 장남처럼 행동했다. 붕어빵집의 얇은 천막을 걷고 나온 골목에서 나는 울었고, 오빠는 그런 나를 달래주었다. "엄마

없는 거 다 아나 봐." 우는 나에게 "그냥 우리가 너무 많이 사서 물어보신 걸 거야." 단단한 말투로 말하며 나를 꼭 끌어안아주었다. 언제나 씩씩하기로 작정한 어린 오빠를 떠올리면 그 작은 아이의 손을 이제라도 잡아주고 싶다. 돌이켜보면 나는 오빠보다 사랑을 덜 받는다는 이유로 쉬이 울면서도, 오빠의 품에서 씩씩하지 않아도 되는 사람으로 자라났다.

집에 돌아와 각자의 그릇에 붕어빵을 나눠 담고 울면서 먹었다. 뻐근한 목구멍으로 넘긴 차게 식은 붕어빵이 어찌 맛있게 기억될 수 있을까. 많아서 식어버린 붕어빵은 당연히 맛이 덜하겠지만, 김밥 꽁다리는 확실히 중간의 김밥보다 더 맛있을지도 모른다. 안에 든 재료의 양이 가장 많은 부분이고, 중심이 되는 재료가 흘러넘치니까. 하지만 우선 잘 썰린 김밥을 충분히 맛본 후에 김밥 꽁다리를 입에 넣으며 꽁다리 부분이 더 맛있다는 걸 느꼈다면 어땠을까. 아침 일찍부터 김밥을 싸던 엄마를, 그저 김밥을 들고 소풍 갔을 뿐인 오빠를 미워할 일은 아니란 걸 안다. 오늘날까지 김밥을 먹을 때마다 꽁다리 차례에서 '으….' 하는 기운을 느끼며 오히려 이런 나의 온갖 기억들을 언제까지라도 생생히 떠올리려 하고 있음을 느낀다. 김밥 꽁다리는 나를 대충 대한다는 걸 알리는 푯말 같았다. 그 푯말 하나로 기어코 울음을 터트리던 내 속을 끝내 누가 기억해주냔 말이다.

　　언젠가 한가로운 주말에 동거인에게 김밥을 싸서 먹자고 제안했다. 좋아하는 재료들만 사서 간단하게 준비하고 보니 처음부터 끝까지 김밥을 직접 싸본 건 처음이었다. 내가 만든 김밥은 본의 아니게 밥이 많이 들어간, 거의 밥김밥이었다. 동그랗게 잘 말아졌다는 것만으로 만족하며 잘 드는 칼로 김밥을 썰었다. 김밥을 썰 때는 김밥 꽁다리를 내 손으로 만들게 된다. 나는 최대한 꽁다리가 작아지게, 김밥 꽁다리라기보다는 김밥 뚜껑처럼 보이게 잘랐고, 김밥 꽁다리를 좋아하는 동거인를 위해 몇 개는 크게 썰어 건네주었다.

　　김밥을 싸면서 만들어지는 꽁다리들을 홀랑홀랑 입에 넣다 보니 흰 접시에는 단면이 예쁜 김밥들이 보기 좋게 쌓였다. 집에서 김밥을 말면 김밥 꽁다리는 맛을 볼 수 있는 샘플이 되는구나. 입에 넣을 때마다 감탄이 터져 나와 '맛있다!' 외치고 싶었다. 동거인은 역시 김밥 꽁다리가 맛있다는 말을 여전히 하면서 신나게 김밥을 말았다. 예쁜 김밥이 차곡차곡 담긴 접시를 식탁 한가운데 두었다. 이 김밥을 자주 만나고 싶다고 생각하면서, 조금 전에 입에 넣었던 김밥 꽁다리 맛을 자꾸만 다셨다.

꼼짝없이 어른이 된 지금. 30년 전, 인생의 첫 김밥을 떠올려보자면 글쎄, 엄마가 내민 김밥 꽁다리를 다시 맛볼 수 있다면 얼마나 좋을까 하는 생각을 처음으로 하고 앉아 있다.

내 몫의 한계를 넘어 꾸역꾸역

뷔페

김현민

영화 저널리스트. 띵 시리즈에는 '남이 해준 밥'으로 참여할 예정
이다.

그러고 보니 요즘 들어 싫어하는 것에 대해 깊게 생각해본 일이 없다. 소셜 미디어에 구태여 싫은 것을 공유하지는 않으니 말이다. 그저 좋은 것을 더 좋게, 예쁜 것을 더 예쁘게 올릴 뿐이다. 부정적인 이야기는 공연한 것으로 여겨지는 시대인 것도 같다.

하지만 사람은 때로 좋아하는 것을 말할 때보다 싫어하는 것을 말할 때 알 수 없는 활력이 돌기도 한다. 천재적 광기마저 번뜩일 때도 있다. 자신이 무엇을 그리도 못 견디는지, 다종다양하고 디테일하게 짚어내는 사람을 보면 흥미롭고도 경이로운 동시에 그만큼 자기 자신에 대해 성실한 사람이라는 생각이 든다. 아마 나는 주위의 눈치를 살피느라 무언가를 싫어하는 내 마음을 구긴 채로 살고 있었던 것은 아닐까. 까다로워 보이고 싶지 않아서, 예민한 사람 취급받기 싫어서.

솔직히 고백하자면 나는 먹는 것에 그리 큰 호오가 없다. 태생적으로 식탐이 강하기 때문이다. 심지어 사람들이 극도로 싫어하는 퉁퉁 분 라면이나 짜장면도 맛있게 먹는 편이다. 그만큼 간이 잘 배어들어 있어서다. 이런 내게도 식탁에 올랐을 때 사절하고 싶은 음식쯤은 있다. 물기가 제대로 빠지지 않은 샐러드, 재료 각각에 밑간이 되지 않은 김밥, 달걀 프라이가 완숙으로 올라간 김치볶음밥.

그러다 불현듯 떠오른 것이 뷔페의 풍경이었다. 사람들이 동그란 디너 접시를 들고 약간은 초조하고도 신중한 얼굴로 자신의 순서를 기다리고 있는 모습. 다리 옆으로 타인의 팔이 쑥 비집고 들어와 접시를 꺼내 가기도 하는 당혹을 견뎌야 하는 장소. 누군가 역주행으로 끼어들어 암묵적 질서를 교란하기도 하는, 썩 긍정할 수만은 없는 어수선한 풍경 말이다. 5성급 호텔 뷔페든 결혼식장 뷔페든 그건 크게 다르지 않다. 뷔페라는 곳은 왜 그렇게 사람을 혼미하게 만드는 것일까.

어린 시절부터 뷔페를 싫어했던 것은 아니다. 오히려 아주 좋아했다. 그것은 마치 놀이공원에 갔을 때의 기분과도 비견될 만했다. 저 멀리 대관람차와 롤러코스터 레일이 보이기 시작하면 가슴이 쿵쾅거린다. 뭐부터 타면 좋을지 지도를 보며 순서를 짜고 있자면 흥분감에 아랫배가 뻐근하다. 뷔페도 그런 경험에 가까웠다. 입구에서 직원의 안내는 건성으로 들으며 음식을 눈으로 스캔할 때부터 아드레날린이 솟구친다. (책으로 빼곡한 대형서점에 들어섰을 때와도 아주 비슷하다.) 자리를 안내받으면 의자에 엉덩이를 살짝 터치만 한 뒤 신속히 일어난다. 어서 빨리 저기 접시를 든 사람들의 행렬에 속하고 싶어!

뷔페 고수들은 샐러드부터 담으라고 누누이 충고하지만, 욕망을 주체하지 못하는 풋내기이던 나는 탕수육과 스테이크 앞에서 별수 없이 무너졌다. 평소 식사량이 많지 않은 편인데, 뷔페만 가면 네다섯 접시는 기본에 무슨 경기라도 치르는 선수처럼 기량을 발휘하기 위해 안간힘을 썼다. 음식과 싸운다는 말이 바로 나를 두고 생겨난 것 같다. 나의 십대 시절에는 피자 뷔페, 고기 뷔페 등 갖가지 뷔페가 유행이었는데, 나와 친구들은 척 보기에도 질 낮은 식재료로 만든 그 음식들 앞에서 호들갑을 떨며 누가 더 많이 먹어치우는지 경쟁하기도 했다. 일종의 허세였고, 솔직히 맛도 없었다. 제약으로 가득한 사춘기 시절, 무제한이라는 개념은 우리를 미치게 만들었다.

해외여행을 가면 그 습성은 더 도드라졌다. 그 나라의 문화를 알려면 음식부터 섭렵해야 한다는 지론으로 아침부터 그릇을 탑처럼 쌓았다. 호텔 조식이라는 단어만으로도 충분히 설레던 시절이었다. 계획했던 그날의 일정을 시작하기도 전 나는 기진맥진해졌고, 관광은커녕 아침을 먹은 후 곧장 방으로 되돌아가 침대에 몸을 던져야 했다. 내 몸이 먹은 것들을 처리하고 소화시키기 위해 에너지를 쥐어짜는 동안 속수무책으로 누워 있을 수밖에 없었다. 나는 왜 이렇게까지 음식 앞에서 이성을 잃을까. 평소 굶고 산 것도 아니면서. 식탐이 유별난 아버지의 피를 물려받은 탓일까. 뷔페에 다녀온 날이면 언제나 조금은 침울해졌다.

그렇게 탐욕의 나날을 보내던 중 아주 신선한 광경을 만나게 되었다. 서울의 한 호텔 조식 뷔페에서였다. 호캉스 중이던 나는 조식 시간이 시작되자마자 그날의 1호 손님으로 입장했다. 당시 내게 조식 뷔페는 자고로 개장 시간에 방문해야 한다는 원칙이 있었다. 뚜껑을 열었을 때 누구도 손대지 않은 온전한 상태의 음식이 보기 좋았고, 무엇보다 사람들과

부대끼며 줄 서는 것이 싫었다. 그날도 원칙을 고수하기 위해 거의 밤을 지새우고 비몽사몽인 채로 접시에 샐러드며 베이컨이며 달걀 요리 따위를 실어 나르고 있었다.

그날의 2호 손님은 나와 대각선 테이블에 자리한 덩치 큰 서양 남성이었다. 혼자인 것을 보니 아무래도 여행보다는 출장 중인 듯했다. 그는 우아하게 신문을 보면서 느긋한 페이스로 아침식사를 즐겼다. (나는 새벽부터 음식과 싸우고 있었는데 그는 분명 즐기고 있었다.) 그의 테이블 위에는 크루아상과 삶은 달걀, 커피 한 잔이 전부였다. 거의 푸드 파이터급이던 나는 진심으로, 아주 진심으로 의아했다. 어떻게 인간이 저렇게 식탐이 없을 수 있지? 저기 저 수많은 음식 맛이 안 궁금해? 어이, 정말 이대로 끝낼 거야? 속으로 아주 안달이 났다. 그는 얼마 지나지 않아 손에 묻은 크루아상 조각을 툭툭 털어내더니 자리에서 일어났다. 그때 나는 왠지 진 것만 같은 알 수 없는 감정에 휩싸였다.

설마 이것이 결정적인 계기였는지는 모르겠지만, 한 살 한 살 나이 들수록 점차 뷔페를 멀리하게 되었다. 원래 나는 사람들 앞에서 개인적인 기호나 감정을 드러내는 것을 별로 좋아하지 않는 편인데, 유독 뷔페만 갔다 하면 무장해제되어 불특정 다수에게 나의 야수성을 들켜버린 것 같아 마음이 편치 않았다. 혈기왕성하던 십대, 이십대 시절에는 식탐이 그 수치심을 이겨버리곤 했지만, 점점 갓 구운 갈비나 랍스터 앞에서 군침을 흘리며 접시를 들고 서 있을 자신이 없어졌다. 앞사람이 음식 집게를 내려놓기만을 기다리거나, 다른 사람의 접시를 나도 모르게 기웃거리고 있는 나 자신을 더 이상 참아줄 수 없었다. 잉여의 음식들이 버려진다는 지구 사랑 차원에서의 죄책감도 분명 있었지만, 그 이상으로 잉여의 음식을 불필요하게 섭취하고 있는 나 자신을 용서할 수 없었다. 나는 이미 먹을 만큼 먹어버린 어른이 된 걸까.

수년간 부득이하게 뷔페 약속을 잡는 경우는 대부분 가족 모임이었다. 다 함께 특별한 날을 기념하고는 싶은데, 여러 명의 입맛을 맞추기는 까다로울 때. 그러니까 그렇게까지 섬세하게 신경 쓰지 않아도 되는 만남일 때만 가게 되었다는 얘기다. 서로 눈

마주치고 진지한 대화를 나누거나 그럴싸한 무드를 잡기에는 새삼스럽고 낯간지러운 사이일 때 뷔페만 한 곳이 없다. 거기에서는 누구와도 오롯한 식사나 대화를 기대할 수 없다. 그저 먹고 비우고 마시고 다시 담으러 가기 바쁠 뿐이다. 그 기계적인 타이밍이 한번 어긋나면 테이블에 덩그러니 혼자 남게 되는 순간도 종종 발생한다. 그럴 땐 머쓱해져 직원이 치워주었으면 싶은 접시와 남겨놓아야 할 접시를 분류하기도 하는데, 한바탕 폭풍이 지나간 것처럼 음식 잔해로 얼룩진 테이블을 마주하는 일이 썩 유쾌하지는 않다.

　지금의 나는 과거의 내가 그렇게 이해할 수 없었던, 음식 앞에서 깨작거리는 인간미 없는 사람이 되었다. 흔히 인생의 터닝 포인트라는 삼십대 중반 무렵 나는 나를 인정했다. 실은 많이 못 먹는 사람이라는 것을. 밀가루에 취약하고, 한꺼번에 여러 종류를 먹으면 밤잠을 설칠 정도로 속이 거북하다는 것을. 날것을 먹으면 꼭 탈이 나고, 소고기는 한 번에 180그램이 한계라는 것을. 이것을 알고 받아들이기까지 나는 내 몸을 얼마나 혹사해왔는지 모른다. 몸이 보내는 호소를 애써 외면하거나 가혹할 정도로 참고 이겨내길 강요했는데, 그쯤 되니 몸이 백기를 들었다. 달리던 차가 갑자기 길에서 퍼져버린 것이다. 경고등을 줄곧 무시한 대가였다.

각종 건강 서적을 탐독하기 시작했다. 사람에게는 각자 체질에 맞는 음식이 있고, 우리 몸은 한 번에 한 가지 영양소를 소화시킬 뿐 동시에 여러 작업을 병행할 수 없다는 사실을 알게 되었다. 가령 탄수화물과 단백질을 같이 먹지 말라는 제안이 그런 맥락이다. 고기를 먹을 때는 고기만 먹고, 밥은 그다음에 먹으라는 것이다. 비빔밥이나 쌈을 즐기는 우리 식문화에서는 적용하기 아주 까다롭다. 이 원칙을 엄격하게 고수하는 한 일본 의사는 밥과 국마저 따로 먹으라고 했는데, 그 이야기를 처음 들었을 때는 터무니없다고 생각했지만 지금은 아주 수긍이 가지 않는 것도 아니다.

몸의 신호를 따르다 보니 자연스레 식습관이 바뀌고, 소화에 도움이 되는 순서로 구성된 코스 요리나 단품 요리에 눈이 가기 시작했다. 코스 요리는 상대적으로 음식의 양이 적기 때문에 먹는 양과 속도를 제어할 수 있고, 단품 요리는 천천히 씹어 먹으면 소화에 크게 무리가 없다. 한 가지에 집중하는 것이 맛을 느끼는 데도 큰 도움이 된다. 내게도 미식 문화의 챕터가 본격적으로 열린 것이다.

이러한 식습관 개선은 자연 식물식으로까지 발전했다. 되도록 불을 쓰지 않고, 소스를 첨가하지 않은 자연 상태의 식물과 과일을 먹는 것. 이 시기에는 어쩌다 사람들과 뷔페를 가게 되어도 다른 음식에는 거의 눈길을 주지 않았다. 샐러드와 과일, 약간의 해산물 정도로도 식사가 충분히 만족스러웠다. 이렇게 먹으니 식후에 침대로 직행할 필요도 없어졌다. 신기하게도 음식을 절제하기 시작하니 삶 전체가 미니멀하게 바뀌어갔다. 진정한 미니멀리즘은 무엇을 먹는가의 문제로부터 출발한다. 내가 비로소 내 몸과 삶을 통제하고 있다는 기분에 자신감도 붙었다.

내가 나를 알게 되니 내 몸이 나에게 화답하는 느낌이었다. 그렇다. 이건 거의 나와의 화해에 가까웠다. 내가 나를 더 이상 괴롭히지 않으니 내가 나를 사랑하게 된 것만 같았다. 새벽에 치킨을 먹고 싶을 때 주문을 하는 게 사랑이 아니라, 다음 날 소화불량으로 부대낄 나를 생각해서 자제하는 것이 더 큰 사랑이었다. 수많은 자기계발서가 약속이나 한 듯 힘주어 말하던 "나를 사랑하라."라는 명제가 거창한 게 아니라 이러한 자제와 분별의 태도가 아니었을까. 어쩌면 내가 정말 싫어하는 것은 뷔페가 아니라 탐욕에 눈이 멀어 나 자신을 너무나 몰라주었던 과거의 나 자신인지도 모르겠다.

먹기 싫어, 말하고 싶지만

보신탕

호원숙

수필가. 띵 시리즈에는 '엄마 박완서의 부엌'으로 참여해 『정확하고 완전한 사랑의 기억』을 출간했다.

"나 이거 싫어! 안 먹어!" 하며 즐거운 마음으로 경쾌하게 쓸 수 있을 줄 알았는데 음식에 대해서는 싫어한다고 하기도 역시 쉽지가 않다. 음식을 먹는 자리에서 누군가가 "이건 맛이 없어."라든가 "난 이거 싫어해." 하면 기분이 좋지 않다. 에티켓의 문제겠지만 식구들 사이에서도 종종 일어나는 일이어서 나도 그럴 때가 있었겠지, 하고 반성을 하게 된다.

나는 비교적 식성이 좋다고 어릴 때부터 어른들의 칭찬을 받았다. 그 칭찬이 좋아 아무거나 먹어보는 것을 주저하지 않았다. 그런 심성과 식성으로 가리지 않고 먹으며 나도 그런 성격의 사람이라고 스스로 생각했다. 그러나 나이가 들면서 내 몸 상태가 달라지고 약해지는 것은 물론 변덕스럽고 까탈스럽게 바뀌는 것을 체험하게 되었다. 아무리 좋아했던 음식도 탈이 나고 나면 그다음부터는 입에 대기 싫어진다. 최근 몇 년간 두드러지는 노쇠 현상을 어쩔 수가 없는 것이다.

어렸을 땐 오직 먹는 것 위주로 된 생활이었다. 먹는 것이 모든 재미의 대부분이었고, 먹을 것을 주관하는 것이 할머니 인생의 거의 전부였다. 어머니는 할머니와 같이 살면서 다섯 아이를 기르는 기본이 우선은 먹이는 것이었다.

우리 오 남매는 다 각자 싫어하는 음식이 있었다. 어머니는 아이들이 싫어하는 것을 굳이 먹으라고 강요하지 않았다. 그저 교과서에 나온 영양소를 외우며 골고루 먹으라고만 했다. 눈이 안 좋은 아이에게는 소의 간을 볶아주고, 병이 나면 의학백과사전을 찾아보고 음식으로 조절하게 했다. 젓가락질을 잘 못하는 나에게 왜 젓가락질을 못하냐고 야단치지 않았고, 김치를 안 먹는 아이에게 굳이 먹으라고 하지 않으셨다. 그래서 밥상에 둘러앉는 일은 늘 즐거웠다.

어릴 적에는 아무것이나 잘 먹는다고 칭찬을 받는 것이 좋았지만 나도 좀 편식을 하고 까다로워서 어른들의 주목을 받았으면 하는 마음도 있었다. 식성은 성격이고, 취향이기도 하고, 역사가 숨어 있다. 나의 가까운 사람은 보리밥을 먹지 않는다. 보릿고개가 생각나기 때문이다. 그래서 흰밥만 먹는다. 가난한 시절 먹을 수밖에 없었던 보리밥이 생각나서 건강에는 백미보다 좋다는 보리밥이나 잡곡밥 먹는 걸 외면한다. 가난했던 시절은 전 생애에 비한다면 아주 짧은 시간이었더라도 절대적인 영향을 끼친다.

그런 비슷한 이야기를 유튜브에서 들은 적이 있다. 스튜디오나 번듯한 방이 없어서 자신의 차 안에서 영상을 보내는 기자 출신의 유튜버인데, 내용보다는 협소한 차 안에서 열심히 내보내는 열정이 나의 연민을 자아내 가끔 들어가보게 된다. 그는 젊었을 적 어느 날 이야기를 들려주었다. 처음 데이트를 하면서 무얼 먹겠냐고 하니까 여자가 수제비를 먹고 싶다고 했다는 것이다. 왜 하필 수제비? 하며 이해를 하지 못했다고 했다. 본인이 가난했던 시절 허구한 날 먹었던 수제비가 생각나서 결국 그 여자와의 데이트는 그날로 끝났다고도 했다. 그는 수제비 근처에도 가기 싫다고 했다. 수제비가 어떤 사람에게는 별식으로 때로는 훈훈한 기억의 음식이 되지만 어떤 사람에게는 지겹고 뼈아픈 음식이라 입에 대기조차 싫은 것이다.

어떤 음식을 싫어하는 것도 역사가 있다. 못 먹는 것도 먹지 않는 것에도 내력이 있다.

내가 보신탕을 먹지 않는 것에도 역사가 있다.

할머니는 우리 집안에선 개는 먹지 않는다고 하셨다. 그건 마치 유태인들이나 아랍인들의 금기 음식 같은 거였다. 할머니의 위엄 있는 선언이었는데, 어머니의 친정에서도 개고기를 먹는 일은 없었기에 자연스러운 일이 되었다. 할머니의 그 말에는 개를 먹는 사람들과는 가까이하기 싫은 배타적인 마음이 포함되어 있었다.

어릴 적 기억으로는 소의 내장인 천엽이나 양이나 곱창을 넣어서 보얗게 곰국을 끓이고 파를 듬뿍 얹어 보양탕을 만들어 먹곤 했는데, 동생들은 잘 먹지 않았다. 나는 그때도 소내장의 누린내를 없애려고 데친 파를 넣은 탕의 빛깔이 파릇하게 좋았던 것으로 기억한다.

벌써 20년 가까운 일이지만 어머니와 네팔에 여행 갔을 때의 일이다. 카트만두의 타멜 거리에 있는 한국음식점이었다. 네팔 여행이 유행하기 시작한 초기였는데 이미 네팔 사람들이 한국에 들어와 취업을 하며 한국을 알아가기 시작할 때였고, 한국말을 잘하는 가이드는 그곳에서는 최고로 성공한 사람으로 모두 우러러보는 것 같았다. 유행가를 잘 부르는 네팔의 가이드와 음식점 주방장은 우리 한국 사람들을 정말 부러운 눈길로 바라보았고, 그곳에서 나온 음식이 지금도 생생하다.

그들이 한국에 들락날락하면서 배운 보신탕을 흉내 내어 끓인 염소탕이었다. 어머니와 나는 표현은 하지 못하고 뜨악하게 몇 숟갈 뜨다가 말던 생각이 난다. 염소고기로 끓였지만 들깨와 깻잎을 넣은 모양과 냄새가 보신탕과 비슷했다. 네팔에서는 원래 깻잎을 식용으로 먹지 않는데 한국 사람들의 비위를 맞추기 위해 만든 음식이었다. 누군가 내놓은 소주 팩으로 겨우 속을 가라앉히던 생각이 난다. 어머니는 음식을 잘못 드시면 그다음 끼니까지 고생을 하셨다. 여행 중 다른 사람들을 위해서 내색은 안 하셨지만.

밥은 먹는 둥 마는 둥 하였지만 그 후에 후식으로 나온 밀크티는 지금도 잊히지 않는다. 밀크티는 충분히 맛이 있었다. 잔에 때가 묻었어도 그 정도는 참을 수 있었다. 그윽한 우유의 풍미가 지금도 혀끝에 맴돈다. 요즘도 멋진 카페에 가면 한번씩 고급 잔에 담긴 밀크티를 주문해 마셔보지만 그때 그 맛은 나지 않는다.

한번은 오랫동안 부부끼리 알고 지내던 분들이 우리를 포함한 친구들을 초대하여 개고기 음식을 대접한 적이 있다. 충북 음성에 좋은 개고기를 파는 곳이 있다며 그곳에서 고기를 사다가 집에서 정갈하게 끓였다고 한다. 몸이 약한 남편을 위해서였지만 더 즐겁게 먹기 위해 친구들을 초대한 것이다.

그녀에게 들은 말이다. 몇 년 전 장기를 들어내는 수술을 하고 기력을 회복하지 못하고 있었는데, 남편이 아내를 위해 지리산에 가서 수소문을 하여 생사탕을 구해주었고 그걸 먹고 죽을 고비를 넘겼다고 한다. 그 은혜를 잊지 못하고, 그 효력을 잊지 못하여, 이번에는 남편을 위해 집에서 보신탕을 끓였다는 것이었다.

나는 그 초대에 가서 개고기를 먹지는 않았지만 그 마음 씀씀이를 보는 것만으로도 충분했다. 생강과 막걸리와 된장을 조금 넣어 삶는다고 했다. 개고기에는 마늘은 넣지 않는다고 했다. 깻잎과 대파와 부추를 넣어 전골을 하기도 하고, 수육으로 만들어 그냥 들깻가루를 넣은 양념장에 찍어 먹기도 한다고 도 했다. 나에게는 금기 식품이 어떤 사람에게는 기력을 되찾고 생명을 구할 수 있는 것을 목격했다.

최근에는 개고기나 뱀탕을 파는 곳들이 동물보호법으로 없어졌다고 한다.

나에게는 요즘 가장 문제가 되는 것이 외식이다. 바깥의 음식을 잘못 먹어 속이 안 좋아지는 일이 가끔 생기면서 이제는 가려서 먹게 되고 미리 걱정부터 하게 된다. 결혼식 피로연에서 먹은 연어 때문에 고생을 하고, 좋아하던 장어구이를 사 먹고 크게 탈이 나고부터는 아무래도 조심스러워진다.

가까운 어떤 분은 음식점 테이블 위에서 그릇을 거칠게 정리하느라 들려오는 딸그락거리는 소리가 듣기 힘들다고 한다. 나도 비슷한 처지인데 최고급 음식점이 아니면 흔히 있을 수 있는 일이고, 요즘처럼 인력을 많이 쓸 수 없어 허덕이는 때 바깥에서 음식을 먹으려면 감수할 수밖에 없다. 요즘에는 사장이 주방에서 음식 만들고 서빙하고 계산도 해주는 음식점도 더러 있다. 그런 집에 가면 어떤 손님은 왔다 갔다 하며 주인을 도와 스스로 챙겨 먹는 모습을 자아내기도 한다.

그래서일까. 아내가 부엌에서 음식을 만들 때 도마 위에서 칼질하는 소리, 아내의 부지런한 발소리를 이 세상에서 가장 아름다운 소리라고 한 분이 있었다. 지금은 세상을 뜨셨지만 그 부부의 모습이 따뜻하게 그리워지곤 했다.

가끔 아이들이 나이든 엄마가 음식을 하며 수고하는 것 같아 음식을 포장해올 때가 있다. 요즘 배달 음식이 엄마가 생각하는 이상으로 만족도가 높다는 것이다. 말로는 "편리하구나. 잘도 싸 왔구나." 하면서 같이 먹지만 돌아서면 그 크고 작은 플라스틱 용기들을 정리해서 버리느라 품이 들어간다. 속으로는 이게 과연 편리인가? 하는 소리가 나온다.

그리고 파는 음식들은 처음에는 맛이 있는데 다시 연거푸 먹고 싶지는 않다. 내 손으로 내 입맛에 맞게 음식을 만들어 먹는 것이 최고의 호사일 수도 있겠구나, 하는 생각이 든다. 어쩌다 아파트 단지에 가면 쓰레기 분리수거 자리에 배달 음식 용기들이 산처럼 쌓여 있다. 그걸 보면 외면하고 싶어진다. 그리고 지구가 파괴될 것 같은 위기의식을 느끼게 된다.

나는 맛있는 것을 먹고 싶은 건 참을 수 있지만, 맛없는 건 절대로 안 먹는다.
— 박완서 산문집 『호미』 중에서

어머니의 글처럼 나도 맛없는 것은 먹고 싶지 않다. 그러나 내가 한 음식은 맛이 없더라도 그 재료가 아깝고 미안해서 먹는다. 그러니 음식 재료를 아끼는 마음에서라도 정성 들여 음식을 해야 하지만 성공률은 8할 정도이다. 그것도 후하게 말해서. 제때에 먹지 않은 음식은 냉장고에 쌓이다가 어느 시점이 되면 버리게 되는 것이다. 한 끼 한 끼 양을 맞추어 신선도를 유지하기란 쉬운 일이 아니다. 냉장고 정리를 주기적으로 하며 재고 정리를 해야지 하지만 긴장을 풀어버리면 금세 엉망이 된다.

양념을 지나치게 많이 한 음식을 싫어한다. 무엇이 들어갔는지 알 수 없는 음식을 싫어한다. 때로는 그것이 인기를 끌기도 한다. 마치 비밀스러운 레시피를 숨겨놓은 양. 그러나 진정 고급일수록 신선하고 좋은 재료로 단순하게 해놓는다. 푸아그라 같은 것을 먹으면서 미식가라고 뻐기는 것을 싫어한다. 그 음식이 온 내력이 비인간적이기 때문이다.

여행에서 돌아온 날 딸들이 내가 좋아하는 우거지된장국과 열무김치 나물 몇 가지를 해놓고 기다려주었건만 그것도 그렇게 반갑지가 않았다. 느글느글하게 들뜬 것 같은 비위가 좀처럼 가라앉지를 않았다. 다시 한번 나도 늙는구나, 서글픈 생각이 들었다. 무얼 먹으면 식욕이 돌아올까 궁리 끝에 가까운 냉면집으로 비빔냉면을 먹으러 갔다. 시뻘겋게 맛이 진한 비빔냉면을 먹으면 비위가 가라앉을 것 같았다. 비빔냉면은 결코 내가 평소에 좋아하던 음식이 아니다. 그러나 왜 그렇게 맵고 진한 게 먹고 싶은지 다음 날은 집에서 나물에다가 고추장을 넣고 시뻘겋게 한 대접을 비볐다. 외식할 때 어쩌다 비빔밥을 시켜 먹는 경우가 있어도 고추장은 넣는 둥 마는 둥 싱겁게 비비는 내 평소의 식성에 반한 것이었다.

그래도 한번 덧난 비위는 가라앉지 않았다. 마침 그때 원주토지문화관에서 택배로 김장김치를 부쳐왔다. 박경리 선생님이 작년에 담아 산에 묻어놓은 김장독을 헐었다고, 문화관 직원이 생전의 선생님이 하시던 대로 나에게도 나눠준 것이었다. 나는 허둥거리며 그 김장김치를 썰지도 않고 쭉 찢어서 밥에 얹어 아귀아귀 먹었다. 들뜬 비위가 거짓말처럼 가라앉자 비로소 선생님을 잃었다는 상실감으로 목이 메었다.

서랍에서 다른 것을 찾다가 우연히 발견하게 된 어머니의 글이다. 아직 책에는 실리지 않았다. '느글느글하게 들뜬 것 같은 비위'를 가라앉히는 묘약이 단순히 김치였을까? 나는 어머니의 문장을 읽으며 더 이상 할 말을 잊는다.

제발 나를 내버려둬

생선회

정연주

푸드 에디터. 번역가. 띵 시리즈에는 '바게트'로 참여할 예정이다.

대체로 부산 사람은 고향에 대한 자부심이 강하고 특히 음식을 좀 강요하는 편이다. 오죽하면 부산 사람 앞에서 그럭저럭한 수준의 돼지국밥에 대고 "이거 맛있네." 한마디 했다가는 맛을 제대로 모른다는 타박을 들으면서 2박 3일간 돼지국밥 맛집 투어를 해야 한다는 풍문이 떠돌 정도다. 목소리가 비슷하게 크지 않으면 맞서기 쉽지 않다. 그리고 나는 고집은 더럽게 세지만 목소리는 크지 않은 부산 사람이다.

아니 그런데 대체 왜일까? 부산이라고 해서 모두 바닷가 근처에 사는 것도 아니고 정기적으로 반드시 회를 먹어야 한다는 법이 있는 것도 아닌데. 살다 보면 이상하게 "부산 사람이 회를 왜 못 먹어?"라는 말을 주기적으로 듣게 된다. 부산 아기들은 한 손에 생선을 쥐고 태어나나? 탯줄을 끊자마자 헤엄을 치나? 신생아는 원래 그런다는 말도 있지만 어쨌든.

물론 우리 집에서 10분만 걸으면 바닷가가 나오고 우리 아버지는 큰 이변이 없는 한 주말이면 동네 시장 단골 횟집에서 제철 회를 주문해다 드시지만, 어쨌든 부산 사람이라고 해서 꼭 회를 좋아해야 한다는 법은 없단 말이다. 이상하게 어른들은 모임만 하면 횟집을 가고 여행을 가도 바닷가로 가서 멸치회며 방어회를 드시지만 부산 사람이라고 회만 먹는 것은 아니다!

이렇게 흥분하는 것을 보면 알 수 있겠지만 나는 생선회를 못 먹는다. 음식을 싫어하는 데는 트라우마나 맛, 질감, 향기 등 다양한 이유가 있겠지만 내가 생선회를 못 먹는 이유는 압도적으로 질감이다. 어른들과 횟집에 가면 나오는 회는 보통 흰살 생선회인데, 아무리 씹어도 형체가 그대로 남아 있다. 도대체 언제 삼켜야 할지 알지 못해서 우물우물 씹다 보면 비위가 상하고, 주변에서는 깨작거린다고 구박하고…. 사실 신선하고 담백한 흰살 생선은 비린내가 나거나 맛이 강한 편이 아니니까 무슨 맛으로 먹는 건지 모르겠는데, 질감까지 거북스러워 삼킬 수가 없으니 그냥 입에 넣고 싶지도 않다.

하지만 사실 단체 외식만 하면 선택의 여지 없이 횟집에 가는 것에는 크게 불만이 없었다. 어린 시절부터 원래 입이 짧아서 어딜 가도 뭘 잘 먹는 편은 아니라 횟집이라고 다를 것도 없었으니까. 그리고 횟집에 가면 넓은 테이블에 바삭바삭한 흰 종이도 깔려 있고, 가끔 튀김이나 전같이 맛있는 '스케다시'도 나오고, 매운탕이 나오면 생선 눈알 먹는 재미도 있었다. 생선 눈알 먹어본 적 있는 사람? 가끔 생선구이에 대가리가 붙어서 나오면 눈을 가려야 먹을 수 있다는 사람을 보는데 나로서는 매우 신기하다. 눈알 먹는 거 재밌는데.

아무튼 생선 눈알을 오물오물 빨아 먹을 수는 있어도 생선회는 못 먹어서, 공깃밥이 나오기 전까지는 멀뚱멀뚱 생당근을 씹거나 메추리알 까 먹는 것이 고작인 배 곯는 초등학생 여자아이였던 본인은 횟집 외식에 크게 불만이 없었다. 대신 주변 사람이 난리였다. 왜 얘는 아무것도 안 먹냐, 회를 싫어한다고? 부산 사람이 왜 회를 못 먹냐, 자꾸 먹어봐야 맛을 안다, 초장에 찍어 먹어봐라….

제발 나를 내버려둬! 이럴 거면 횟집에 데려오지 말든가! 회를 먹지 못하는 초등학교 저학년에게 초장은 맵지 않을 거라고 생각하면 오산이다. 그리고 초장을 푹 찍으면 찍는 대로 회 맛을 모르는 사람이나 초장 맛으로 먹는다고 참견하는 사람도 꼭 있다. 그냥 당근이나 씹게 냅둬!

차라리 가만히 뒀으면 메추리알이나 먹으면서 혼자 놀았을 텐데, 다들 어떻게든 나에게 회를 먹이려고 노력하니까 나름 머리를 써보기도 했다. 한 세 점 정도를 먹는 것처럼 앞접시에 숨겨놨다가 매운탕이 나왔을 때 국물에 담가서 데친 것이다. 보통 매운탕은 휴대용 버너에 올려서 바글바글 끓는 상태로 나오니까 회 끄트머리를 젓가락으로 잡고 3초만 담가도 먹을 수 있는 정도로 익었다. 그리고 맛있었다! 살짝 매콤하고 보들보들하고 따뜻하고, 좋은데?

하지만 내가 생각해낸 방책은 순식간에 진압되고 말았다. 그 아까운 회를 익혀서 먹는다고? 지금 생각해도 억울하다. 그럼 먹기 싫다는데 먹이려고 하지 말든가, 애가 밥을 안 먹는 게 신경 쓰이는 거였으면 어떻게든 영양분을 섭취하면 좋은 것 아닌가? 세 점 정도는 내 몫으로 양보해줘도 되는 것이 아니었을까? 이러니 더럽고 치사해서 안 먹고 만다! 나는 더더욱 회를 거부하게 되는 것이었다.

지금도 생각하지만 그게 바로 생선 샤브샤브가

아닌가? 매콤한 매운탕이라 빨간 국물이었으니까 훠궈나 마라탕에 가깝다고 할 수도 있지 않을까. 내가 국물 맛을 조금 더 진하게 만들어준 것이 아니었을까. 모르겠다, 다시 당근이나 씹을 뿐.

똑같이 못 먹는 음식이 여럿 있어도, 유난히 "당연히 먹을 줄 알아야 하는데 왜 못 먹냐?" 하는 타박을 들으면서 크다 보면 나도 그 음식에 집착하게 된다. "진짜 싫어!" 하면서 증오하다가, "왜 나만 못 먹지?" 하면서 자책하다가, 다시 먹어보고 "역시 별로야." 하고 또 포기하다가. 그렇게 성인이 되고 고향을 떠나와 타박을 덜 듣게 된 후에도 혼자서 꿋꿋이 생선회와의 싸움을 계속해왔다.

푸드 에디터가 된 후로는 더더욱 열심이었다. 음식에 대한 글을 쓰는 입장에서 못 먹는 음식이 있다는 것이 그리 좋아 보이지 않았으니까. 어느 스시집이 맛있다고 하면 가보고, 쌈장에 버무려서 깻잎에 싸 먹으면 맛있다거나 묵은지와 감태가 잘 어울린다고 하면 혼자 조용히 시도해보고, 여행을 가서 날생선에 속하는 메뉴가 있으면 먹어보는 식이다.

그러자 '생선회'라는 범주 내에서도 호불호를 디테일하게 구분할 수 있게 되었다.

　만일 나처럼 생선회는 못 먹지만 육회는 좋아하는 취향의 고기파가 있다면 다음과 같은 순서로 접근하는 것이 가장 효과적일 것이다. 우선 참치회다. 참치 대뱃살은 마블링만 보면 소고기나 다름없다 할 정도로 기름지고 부드럽다. 레어로 구운 소고기 스테이크에 와사비가 어울리는 것처럼 두 식재료에는 같은 풍미가 공존한다. 일단 참치를 먹을 수 있게 되면 회전초밥집에서 먹을 수 있는 메뉴가 늘어난다. 참치 대뱃살은 비싸니까 그것만 먹을 수는 없지만, 가운데에 참치를 한 줄 넣고 김밥처럼 싼 데카마키, 뼈 사이의 살을 긁어내서 부드럽고 맛이 진한 네기토로를 얹은 군함말이.

　여기에 초심자를 위한 회라 할 수 있는 연어회를 먹을 수 있게 되면 훨씬 자유로워진다. 연어회도 참치회처럼 입안에 혀가 두 개라도 된 듯 질감이 부드럽다. 그리고 먹는 방법 또한 다양하다! 아삭하게 양파를 올리기도 하고, 홀스래디시와 케이퍼와는 찰떡궁합이다. 만약에 마트에서 구입하거나 배달 주문을 하긴 했는데 정 먹기 싫을 때는 버터에 구워서 먹으면 된다. (나는 먹다가 물리면 지금도 자주 이런다.)

이 둘을 먹을 수 있게 되었다면 이제 도전할 종목은 포케! 내 기준에서 포케는 참치회(와 연어회)의 육회 버전이다. 포케는 하와이의 전통 요리로, 깍둑 썬 생선회를 간장 등 양념과 향신료에 버무려 만든다. 하와이에 가면 다양한 종류의 포케를 먹을 수 있는데, 인근에서 잡힌 '냉장' 참치를 이용하기 때문에 정말 부드럽고 신선하고 달콤하고 맛있다. 밥하고도 잘 어울린다! 어지간한 회 초심자라도 먹을 수 있을 것이다.

만일 여기까지 와도 회는 잘 모르겠다면, 아부리 초밥을 먹자. 아부리(炙り)는 '그슬리다'라는 뜻인데, 날생선으로 초밥을 만든 다음 윗부분을 가볍게 그슬려 익히는 것이다. 사실 나는 여기서 다시 강경 화식(火食)파로 돌아선다. 이거 보라고, 요만큼만 익혀도 훨씬 맛있잖아! 살짝 익으면서 기름기가 잘 배어나고 불향이 더해져서 고소하다. 참치, 연어, 새우는 물론이고 광어 지느러미에서 오징어에 이르기까지 다양한 아부리 초밥을 먹어보았는데 이것만큼은

입맛에서 벗어나는 것이 없었다. 하기야 그건… 익혔으니까…. 요만큼만 익혀도 맛있게 잘 먹는데요. 그런 의미에서 아부리 초밥은 '생선회'라는 불호에서 벗어나는 데는 크게 도움이 되지 않지만 여럿이 회전초밥집에 가도 자연스럽게 식사하는 척은 할 수 있다는 장점이 있다.

그런데 이렇게 '그나마 먹을 수 있는 날해산물'에 대해서 논하다 보면, 의외로 그 자리에서 가장 날해산물을 다양하게 좋아하는 사람이 되어 있는 경우가 꽤 있다.

"저는 성게알은 못 먹어요."

"포케 먹어본 적 없어요."

"회식 때 참치를 먹고 토한 적이 있어서 이제 못 먹겠어요."

아…. 나는 생관자도, 생새우도, 사실 복어회도 좋아하는데. 그건 질기지 않고 쫀득해서 잘 먹는다. 성게알은 없어서 못 먹고, 멍게는 예전에 촬영을 진행하며 먹어보니 바다 향이 깨끗하게 나서 봄만 되면 비빔국수에 넣어 먹는다. 다만 아직까지 흰살 생선회라면 광어 지느러미도, 전어도, 붕장어도, 밀치도, 도미도 전부 '좋아하시는 분이 많이 드세요.' 하는 기분이 들 뿐이다.

그렇다면, 역시 내가 부산 출신이어서 해산물을 잘 먹는 걸까? 지금이야 물류가 잘 되어 있지만 예전에는 가장 신선한 고등어도 기름진 금태도 부산에서나 구할 수 있었단 말이다. 역시 나에게도 부산인의 피가 흐르고 있는 것이 틀림없어! 그리고 이런 착각에 빠져서 위풍당당하게 부산에 가는 날이면 하루 만에 다시 툴툴거리기를 반복한다. 아, 전어는 고소한 맛이 매력이라면서요. 그럼 회가 아니라 노릇노릇하게 구워야 제일 고소한 거 아니에요? 뼈가 많다고요? 회에도 많잖아요!

아, 모르겠다. 나의 생선회와의 싸움은 아직도 현재진행형이다. 보통 호불호가 갈리는 음식은 장점과 단점이 갈리는 것이 아니라, 민트초코의 '싸함'처럼 그 특징 자체를 좋아하거나 싫어하는 것이라고 생각한다. 생선회, 아니 이제 다른 건 먹을 수 있으니까 '흰살 생선회'의 치명적인 매력(?)은 씹는 맛, 씹다 보면 느껴지는 은은한 감칠맛이라고 귀에 못이

박히도록 들어왔다. 정말 그러하다면 나는 튼튼한 틀니나 임플란트를 한 후에나 그 맛을 깨달을 수 있게 될지도 모르겠다. 먹는 입 줄어들면 좋아하는 사람이 많이 먹을 수 있으니까 좋은 거 아닌가? 그냥 억지로 먹으라고 강요하지만 마세요. 옆에서 메추리알 까고 있을 테니까.

김치 쪼가리도 안 주고 말이야

단무지

박찬일

음식 칼럼니스트. '로칸다몽로' '광화문국밥' 셰프. 띵 시리즈에는
'짜장면'으로 참여해 『곱빼기 있어서 얼마나 다행인가』를 출간했다.

얼마 전에 짜장면 책을 냈다. 주변 독자들에게 어느 부분이 재밌었느냐고 물으면 대개 당구장 활극 장면을 든다. 안 읽은 독자를 위해 설명하자면, 소년 시절 당구장에서 짜장면 시켜 먹으며 내기 당구 치던 얘기다. 별로 자랑할 만한 일은 아니다. 공부 안 했다는 말이니까. 당구장에서 벌어진 싸움들, 당구비와 짜장면 값을 한 사람에게 엎어 씌우는 혈투의 기억을 더듬어서 썼다. 누군가는 2층에서 뛰어내리고, 누군가는 잡혀서 당구비 대신 청소하고 당구공 닦는 강제노동을 했다.

당구장이 무대였지만 당구는 주인공이 아니었다. 실은 짜장면이었다. 속칭 '서짜(서서 먹는 짜장)'의 묘미를 독자들이 공감해주었달까. 그때 서짜는 그릇에 단무지를 털어 넣는 걸로 시작한다. 새콤달콤한 단무지에 짜장 소스가 마구 버무려지게 마련인데, 그게 또 묘하게 별미였다. 결정구를 기다리며 짜장면을 먹다가 차례가 되면 단무지 한 쪽을 입에 쓸어 넣고 아작아작 씹으면서 공의 예상 경로를 그려보곤 하는 것이다. 멋있게 시가를 피우며 승부구를 고민하는 유럽식 살롱 당구와는 질적으로 다른, 그야말로 말죽거리 잔혹사풍의 유신 말기 삼류 짜장 다꽝 믹스 활극의 한 장면이었다. 애증의 다꽝 역사였다. '짱깨'에 넣는 싸구려 다꽝. 막 만들고 막 먹는 것 같은, 한 번도 귀하다는 생각이 들어본 적 없는 내 인생의 다꽝들.

송구하지만 당분간 '다꽝'과 단무지를 섞어 쓰겠다. 그래야 그 시절의 입말이 살아난다. 다꽝은 이미 아주 싸구려 반찬이었고, 대부분 어머니가 주지 않는 음식이었다. 그다지 신뢰받지 못하는 음식이었다. 게다가 '쪽바리 음식'의 유산이기 때문이었다. 오직 김밥을 쌀 때만 어머니들은 다꽝을 허용했다.

그 무렵에 식품사에서 대대로 내려오는 큰 사건이 많았다. 석회석 두부, 농약 콩나물, 사카린 다꽝, 생선찌꺼기 어묵이었다. 식품의 수준이 그랬던 때라 사회면에 매일처럼 특종으로 이런 기사가 실렸다. 물 먹인 소, 표백제 쓴 도라지, 뭐 그런 기사들이 신문에 넘쳐났다. 다꽝도 그 오명의 한가운데 있었다. 첨가물로 끝장을 보는 식품이더라, 그런 얘기들. 현대에 와서 대부분 건강하게 만든다고들 하지만 여전히 사람들은 불안해한다. 1970년대는 첨가물의 공포가 막 시작되던 때였다. 그래서 더욱 다꽝은 노란색이 못 미더운 데다 신맛과 단맛이 모두 자연스럽지 않다고 손가락질을 받았다. 다들 실제로는 잘도 먹으면서 학대했다. 값이 너무 싸서 대우를 못 받는 반찬이었다. MSG가 제 얼굴을 들키지 않으려고 다시다며 감치미로 위장 취업을 시도했던 것도 그 시대의 모습이었다. 불량식품 추방에 다들 팔을 걷어붙였다. 초등학교 전교생이 모여 학생 주도로 부정식품 추방 궐기대회를 열었다. 그때는 다들 궐기하느라 바빴다. 공산당도, 불량식품도, 타도 대상이었다.

그래도 다꽝은 맛있었다. 다꽝, 그래, 다꽝이지. 내가 중학생이던 시절에는 단무지라는 표준어는 집이 잘나서 명문 사립 국민(초등)학교 다니는 애나 쓰던 용어였다. 다꽝은 그냥 다꽝이었다. 시장 양은 함지에 잔뜩 쌓여 누런 물을 뚝뚝 흘리며 팔리던 불쌍한 다꽝, 사람들은 일제강점기의 유산인 다꽝을 학대함으로써 분풀이를 하는 것 같았다. 우동이 '언어순화운동'으로 가락국수가 되었지만 다꽝은 단무지가 될 때까지 더 오래 기다려야 했다. 우동보다 다꽝이 뭘 더 잘못했을까.

언제부터 우리가 단무지라고 표준어로 불렀는지 기억이 없다. 음절을 압축하는 건 한글 표기의 편의를 위한 것일 뿐, 일본어 발음에 가깝게 하려면 '다꽝'이 아니라 '다꾸앙'이다. 어쨌든 다꽝은 오래 살아남았다. 이제는 세대를 가르는 말 정도다. 아마도 오십대 이상에서나 다꽝을 쓸지도 모르겠다. 나도 이제는 단무지라고 부른다. 말은 변했지만 내 기억의 단무지는 대개 다꽝 시대의 것들이다.

중학교 앞에 기막힌 라면집이 있었다. 라멘 아니고 라면. 인기 있던 그 당시 메이저 브랜드인 삼양라면을 쓰진 않았을 것이다. 아마도 값이 싼 롯데덕용라면. 투명한 봉지에 다섯 개들이 통합 포장의 덕용. 덕용(德用)은 일본식 한자다. 1970년대 후반이었는데, 분식집 라면값이 200원쯤 했을 것이다. 버스 토큰 시대를 지나 회수권을 쓰던 때라 그걸 라면값 대신 내기도 했다. 치사하지만 그들도 먹고살아야 하니 '깡'을 했다. 50원짜리 회수권이면 45원 정도 쳐주었던가. 그 기막힌 라면집을 빛나게 하던 게 다꽝이었다. 대개 그때 다꽝은 맛이 좋았다. 내 혀의 오류일 수도 있다. 하지만 아삭하면서 라면 맛을 해치지 않는 적절한 단맛, 라면의 기름기를 씻어주는 신맛까지 균형감이 뛰어났다. 단맛과 신맛은 첨가물을 쓰는 것일 텐데도, 분식집 다꽝마다 맛이 다 달랐다. 거참 묘한 일이었다.

그 중학교 앞 라면집 다꽝 말고는 맛있는 걸 먹어본 기억이 별로 없다. 나는 다꽝광이었다. 싸구려여서, 식민지 원수의 음식이어서, 몸에 나쁠 것 같아서 천대받는 존재여서 더 집착했던 것 같기도 하다. 나는 늘 아웃사이더였으니까. 여담인데, 음식은 같은 생리적 화학적 본질을 갖고 있더라도 물리적 형태가 달라지면 기호도, 평가도 바뀐다. 똑같은 반죽으로 만들어도 수제비와 소면에 대한 기호가 완전히 다를 수 있다. 당시 경양식집에서는 명색이 양식인지라 김치를 줄 수 없으니 다꽝을 냈는데, 그래도 분식집과는 격이 달라야 하지 않겠느냐는 공감대가 있었던 것 같다. 반달형 대신 꼭 길쭉한 사각으로 썰어나왔다. 그게 나는 마음에 안 들었다. 다꽝은 반달이든 보름달이든 둥글게 썰어야 내 혀와 치아가 맛있다고 느낀다.

김치도 그렇다. 우동이나 돈가스집에서 내는 김치를 보면, 이상하게 잘게 썰어서 볼품없이 만든다. 그 업계의 암묵적인 합의 내지는 불문율 비슷한 것일 텐데 반찬의 본질은 같을지언정 모양이라도 다르게 해서 자신들의 이국적 특성을 고수하자는 걸로 보인다. 이런 식당에서는 김치보다는 실은 일부러 맛없게 만든 것 같은 깍두기를 주로 준다. 하나같이 현미경으로 봐야 겨우 사각형이라는 것을 알게끔 작게 잘라 만든다. 무 하나 써는데, 요리사가 밤을 새워야 할 것 같다. 빌어먹을 초미니 깍두기! 요는 단무지든 깍두기든 제대로 된 걸 내야 한다는 것이다. 나는 맛있는 단무지가 먹고 싶다. 깍두기는 설렁탕집에서 먹는 걸로 족하다. 그렇게 맛있는 단무지 ― 좋은, 건강한 단무지라는 뜻이 절대 아니다. ― 를 잊고 산 지 오래였다.

몇 달 전에 집에서 배달 음식을 시켰다. 무슨 잘나가는 분식집 브랜드였다. 무얼 먹었는지도 기억이 안 난다. 하지만 반찬으로 딸려온 단무지 한 쪽을 씹고 작은 충격을 받았던 것만은 생생하다. 김혜자 아주머니처럼 "그래, 이 맛이야!" 하고 나도 모르게 중얼거렸다. 무려 40년 전의 단무지 맛이었다. 중학교 앞 라면집의 단무지. 단무지에도 옛날 레시피라는 게 있는 것인가. 놀랍게도 오래전 맛 그대로였다. 이건 확실하다. 잊고 있었던 맛을 소환해주었다.

검색을 시작했다. 단무지를 담은 작은 사각형 포장지는 법률에 의해 많은 정보를 담고 있었다. 외주를 받아 아무개 회사에서 납품하는 것이었다. 요즘은 인터넷에서 파는 식품도 뒷면의 각종 의무표시 사항을 사진 찍어서 그대로 보여준다. 소브산칼륨, 사카린나트륨, 식용빙초산, 치자색소 같은 게 들어있다. 즉 보존제, 감미료, 식초 대용의 신맛 물질, 오랫동안 쓰던 황색 몇 호라는 색소 대신 이제는 치자가 들어 있다.

단무지는 일본식 절임이다. 군산에서 유명한 나라즈케(울외절임)처럼 일본이 패전 후까지 남기고 간 (정확히 말하자면 살아남은) 잔재랄 수 있다. 김치와 절임은 다르다. 김치에는 보존제며 신맛 내는 물질을 쓸 필요가 없다. 유산발효를 하며 잘 익으면서 보존성을 어느 정도 가진다. 하지만 단무지는 피클에 더

가까워서 김치처럼 깊게 익지 않는다. 물론 보존성
도 떨어진다. 아주 짜게 담그지 않는 데다가 상온에
서 유통하는 경우가 많아 방부제를 넣지 않으면 일
찍 못 쓰게 된다. 일본이 두고 간 것은 다꾸앙이고,
우리는 이것을 단무지로 만들어 소비한다. 이름만
다르지 않다. 맛과 속성이 많이 바뀌었다.

   그래서 그 단무지 이름이 뭐냐고? '얇무지'라
는 상표를 쓴다. 아쉽게도 소포장을 스무 개쯤 묶어
서만 판다. 리뷰를 보니, 쓴 이들이 전부 분식집이나
배달 전문 식당들이다. 가정용은 고려하고 있지 않
은 모양이다. 마트나 슈퍼에도 안 나올 것이다. 스무
개를 한꺼번에 사서라도 먹을 만한 가치가 있느냐.
있다. 적어도 옛날 단무지 맛을 기억하는 이들은 나
처럼 만세를 부를 것이고, 그 이후 세대들은 '맛있는
걸.' 하고 동의하리라 믿는다.

   단무지라면 아주 이가 갈릴 때가 있었다. 인생
최악의 3대 단무지는 1970년대 서울시립도서관 식
당, 역시 1970년대 서울운동장 구내식당에서 만났
다. 이 두 곳은 무슨 심보인지 단무지를 반찬 그릇

에 담지 않고 짜장면이나 우동 그릇에 직접 투입해서 줬다. 빨리 먹으라는 것이기도 하겠고, 반찬 그릇 설거지 수고를 없애자는 의도였겠다. 그건 그래도 1970년대였으니 용서받을 수 있는 일이다.

마지막 하나는 군대에서였다. 반찬이 부족할 때면 단무지에 식용유, 설탕, 고춧가루 약간을 섞어서 '양념매운맛단무지'라는 희한한 이름을 붙여서 냈다. 군대 메뉴의 특징은 들어가는 재료를 모두 나열한다는 점이다. 그런 면에서 고급 호텔 식당과 비슷하다. '마데이라를 넣고 3일 숙성한 셰프 비법의 담백한 오리뼈 소스와 히말라야 솔트를 뿌려 숯불에 구운 제주산 아스파라거스, 토치로 그슬려 숯불에 정성껏 구운 지리산 오리가슴살' 같은 거다. 그놈의 단무지가 꼭 김치 대용으로 나왔다. 김치도 제대로 없이 그 거친 짬밥을 먹는 일은 쉽지 않았다. '양념매운맛단무지'는 간혹 백반집에 나올 때가 있는데 그건 아무 문제가 없다. 김치는 김치대로 나오고, 엑스트라 반찬으로 주는 것이니까.

관식(官食)이라고 했다. 어려서 술을 퍼마시고 사고 쳐서 경찰서에 유치된 적이 있다. 즉심 이송을 기다리며 유치장에서 지내는데, 사람 살 곳이 아니었다. 지금은 어떤지 모르겠는데 돈을 주고 사식을 먹을 수도 있지만, 땡전 한 푼 없는 개털들은 관식을 먹어야 한다. 방귀 냄새 나는 다 식은 꽁보리밥에 단무지 몇 쪽과 어묵볶음이 전부였다. 한식에서 김치를 안 주는 건 어떤 의미에서는 모욕일 수도 있다. 유치장에 온 놈이니 모욕을 견디라는 것이다.

"김치 쪼가리도 한 점 안 주고!"

이것은 강력한 한국인의 항의다.

내 친구는 여행사를 하는데, 패키지 관광으로 일본 각지를 다닌 팀의 한 사람이 마지막 날 참은 화를 터뜨리면서 이렇게 말했다고 한다.

"김치 쪼가리도 한 점 안 주고!"

여행 상품 자체가 여행 내내 현지식만 먹는 그야말로 현지화 체험 같은 것이었고, 당연히 사전에 손님이 동의하고 참석했다. 무슨 까닭인지 다른 불만도 많아서 늘 툴툴거리던 '고객'의 이 항의는 팀 전체에 불을 질렀다. 다른 건 몰라도 김치도 안 주는 여행 가이드는 정말 나쁜 놈, 여행사는 형편없는 회사가 되어버리는 것이었다. 아마도 그 고객은 이 말을 뒤에 더 붙였을 것 같다.

"단무지 쪼가리나 주고 말이야!"

여행이란 호기심을 품고 그 세계로 성큼 들어가서 결국 사람 사는 데는 다 똑같다는 걸 알게 되는 행위라고 생각한다. 그 무용한 일을 하는 게 여행이다. 그래도 사람들은 여행을 가고 싶어 한다. 적어도 내 여행은 그랬다. 이국의 어느 도시에서 마주치는 사람들은 지금 어디 가는 것인지, 저들도 귀가해서 우리처럼 가족들이 모여 밥을 먹는지, 술집에 모여 앉은 한 무리의 현지인들은 무슨 얘기를 나누는지 미치게 궁금했다.

일본 여행을 가는 이유는 짧은 거리에, 비슷한 물가에, 익숙하지만 익숙하지 않은 음식이 있어서였다. 내가 처음 일본에 가서 겪은 단무지에 대한 기억은 도대체 만나기 힘들다는 것이었다. 라멘집에도, 돈가스집에도, 카레집에도 없었다. 다꾸앙 구다사이. 없어요. 라멘이나 우동에는 대개 반찬이 없다. 더러 절임을 알아서 덜어 먹게 통에 담아두기도 하는데, 다꾸앙은 아니다. 일본 여행 초년 시절, 돈을 낼 테니 팔라고 해도 그들은 가진 다꾸앙이 없다고 했다.

'이거 혐한 아닐까?'

적어도 당신들이 식사할 때 먹는 다꾸앙은 있을 거 아니오? 아, 없어요. 나중에 내가 알게 된 사실로는 첫째, 정말 없다. 다꾸앙은 김치 같은 게 아니다. 그들도 반찬 문화권인데, 우리와 달리 반찬 가짓수가 적고 절임이 없을 때도 있으며, 있다 하더라도 그게 꼭 다꾸앙도 아니다. 황당하게도 '한국 김치(기무치)'는 있는데 다꾸앙은 없다는 식당, 술집도 많았다. 특히 간사이 지방에서 그랬다. 둘째, 다꾸앙이 있긴 한데, 직원들 식사에 쓰는 거라 팔지 않았을 거라는 일본인 지인의 해설을 들었다. 이 정도로 해두자.

카레라이스에도 우리나라는 대부분 단무지를 준다. 그들은 락교절임 같은 걸 곁들이지 다꾸앙을 내는 집은 드물었다. 단무지가 있을 확률이 아주 높은 경우는 일식 백반집이다. 정식(定食)이라고 부르는 식사에는 대개 단무지 세 쪽 정도를 같이 낸다. 한국식으로 먹으면 부족한데, 그들은 별 불만이 없어 보였다. 정식에 다꾸앙을 줄 때는 물론 무료다. 메밀국숫집이나 온갖 일본식 메뉴를 다 파는 밥집에도 대개 다꾸앙이 있다. 유료인 경우도 있고, 온메밀국수에 찬으로 딸려 나오는 경우도 봤다. 물론 더 달라면 대부분은 돈을 내야 한다. 그래도 짜장면에는 주겠지, 하고 일본에서 유일하게 짜장면을 일상식으로 먹는 도시인 도호쿠 지방의 모리오카시에 간 적이 있다. 아쉽게도 생마늘 간 것과 초생강 비슷한 걸 주었다. 생양파도, 춘장도, 물론 다꾸앙도 없었다.

일본의 다꾸앙은 실존 인물인 '타쿠안(沢庵)'이 처음 만들어서 다꾸앙이 되었다는 것이 널리 알려진 설이다. 한국의 단무지와 다꾸앙(다쿠앙즈케가 풀네임이다.)은 이름만큼 다르다. 한국은 아삭한 맛, 새콤달콤과 적당한 염도와 노란색이 기본이다. 일본은 며칠 말린 무를 써서 상당수는 꼬들하게 담그고 단무지보다 훨씬 짜며 노란색과 흰색이 고루 있다.

냉정하게 말해서 단무지든 다꾸앙이든 이 '노란 일본식 무절임'은 한국인이 훨씬 더 많이 먹는다. 통계는 모르겠지만 장담한다. 농담이라고? 아니다. 한

국은 단무지를 만드는 기다란 무를 엄청나게 생산
한다. 하지만 시중에서는 절대 볼 수 없다. 우리 같
은 전문식당이 주문을 해도 채소상이 못 구한다고
한 적이 있다. 절대 시장에 안 나온다. 가락시장에도
없다. 내가 아는 한에는 그렇다. 우리가 먹는 보통의
무와 거의 같은 양을 재배한다고 알고 있다. 엄청난
양이다. 다 어디 갔을까. 가정이나 식당에서 이 기다
란 무, 그러니까 단무지용 무를 생으로는 쓰지 않으
니까 안 파는 것이다. 이 무는 밭에서 바로 실려서
공장으로 간다. 절여서 냉동을 하기도 해서 연간 판
매가 된다.

생각해보라. 중국집, 분식집, 군대, 각종 일식
집, 백반집, 공장과 학교, 건설현장 같은 단체급식
에서 무지하게 많이 쓴다. 우리는 깍두기를 그리 많
이 먹지 않는다. 1년에 깍두기 열 접시도 안 먹는 사
람도 꽤 있을 것이다. 깍두기는 집에서는 잘 안 담그
기 때문이고, 식당에서도 탕집을 빼고는 배추김치에
밀려 눈칫밥을 먹는다. 아마도 단무지가 깍두기보다
소비량이 훨씬 많으리라고 생각한다.

그렇게 많이 먹는데 맛있는 건 별로 없는 단무

지. 일본 혈통이라 무시되는 때문일까. 그냥 저 낮은 음식의 세계에서 서식하는 대중 재료라 둔감해진 것일까. 저 중학교 시절의 맛있는 단무지는 다시 만들 수 없는 것일까. 나의 애증의 단무지 역사는 아직도 계속된다.

목구멍이 작아서 슬픈 사람

콩밥

김자혜

《더블유 코리아》콘텐츠 디렉터. 띵 시리즈에는 '식탁 독립'으로 참여해 『부엌의 탄생』을 출간했다.

2022년 1월 출간한 띵 시리즈 『부엌의 탄생』의 표지를 기억하시는지. 새파란 바탕에 빨간 주전자와 노란 물고기, 그리고 초록색 완두콩 그림이 실렸다. 이런. 나는 그저 봄마다 완두콩을 주문해 다듬는 걸 즐기는 건데. 가끔 샐러드에 넣거나 수프를 끓여 먹는 정도인데. 이 그림은 내가 콩을 즐겨 먹는다고 말하는 듯하다. 거짓말쟁이가 된 기분을 느끼며 책을 다시 펼친다. 뭐라고 썼더라?

초록색 집 안에 예닐곱 알의 연두색 완두콩이 줄지어 들어 있다. 뚜껑을 열고 엄지손가락으로 밀면 또르르 밀려 나오는데, 그 모습이 너무 사랑스럽다. 땡글땡글하고 반짝이는 귀여운 것들을 모두 집에서 꺼낸 뒤 깨끗하게 씻는다. 채반에 한참 두어 물기를 뺀 완두콩을 여러 개의 통에 나눠 담아 냉동실에 넣어두면, 1년 내내 든든하다. 밥을 지을 때 반 주먹씩 넣고…

엥? 잠깐만. 밥을 지을 때 반 주먹씩? 진짜 거짓말쟁이가 된 기분이군!

때는 20여 년 전. 한 어린이가 밥상 앞에 앉아 있다. 자기 앞에 놓인 밥그릇을 본다. 흰밥 사이사이에 박힌 커다란 적갈색 콩을, 흰쌀을 붉게 물들인 콩의 가장자리를 본다. 반찬 투정이 허용되지 않는 집이었다. 어린이는 콩을 먹기 싫지만 떼를 쓰지 않는다. 밥을 크게 한술 떠 넣고 오물거리다가 입안에 콩이 남으면 통째로 삼켰다. 웩웩 구역질이 나왔다. 콩이 싫어 통째로 삼켜버리던 소심한 어린이. 바로 나였다.

콩으로 시작된 이 이야기는 목구멍으로 이어진다. 콩 때문에 웩웩거리던 어린이는 지나치게 목구멍을 의식하는 사람이 되었다. 냉면을 먹다가 면발이 한꺼번에 입으로 밀려들어 캑캑거린 이후, 성인이 될 때까지 냉면을 먹지 않았다. 지금은 냉면(특히 평양냉면)을 너무 좋아하지만 여전히 면을 조금씩 건져 먹으려 애쓴다.

먹방을 보지 않는 것도 비슷한 이유 때문이다. 많은 양의 음식을 한꺼번에 흡입하는 영상을 보며 남의 목구멍을 먼저 걱정하게 되니, 내겐 고문이나 다름없는 것이다.

목구멍을 걱정하기 시작하면 삶의 질이 현저하게 떨어진다. 일단 쌈을 크게 싸지 못한다. 한꺼번에 먹지 못해 고기 한 점, 마늘 한 조각을 각각 입에 넣고 상추 한 장을 또 따로 입에 넣는 식으로 먹어야 한다고 하면 이해가 빠를 것이다.

콩을 통째로 삼키다가 웩웩거린 이후 나는 콩을 싫어하게 되었고, 곧 작고 동그란 것을 삼키는 일에 공포를 느끼기 시작했다. 그래서 중학생이 되어서까지도 알약을 삼키지 못했다. 어쩔 수 없이 알약을 먹어야 하는 날에는 캡슐을 갈라 가루를 꺼내거나 곱게 빻았다. 가루가 된 약을 숟가락에 올리고 물을 조금 붓고 새끼손가락으로 휘휘 저은 뒤 입안에 통째로 콱 넣고 꿀꺽…. 하. 여기까지 쓰고 보니 어쩐지 너무 수치스럽네.

내가 콩을 싫어하게 된 또 하나의 결정적인 사건은 중학교 소풍날에 일어났다. 당시 나는 김밥을 싫어했기 때문에 (그냥 까다로운 어린이였는지도.) 엄마는 소풍날 볶음밥이나 오므라이스를 싸줬는데, 반찬으로 싸준 콩자반의 검정 국물이 가방 안에서 새버렸다. 덜컹덜컹 소풍 가는 버스 안에서 까맣게 물든 가방을 메고 콩자반 냄새를 맡으며 나는 다시 웩웩을….

그러니까 나의 가장 지독한 적은 멀미와 구역질, 그리고 어지럼이다. 평생 그 셋을 두려워하며 살았다. 어려서부터 멀미가 심해 고통받았고, 사회에 첫발을 내딛고 극심한 스트레스를 겪은 뒤에는 이석증을 앓았다. 어지럼을 모르는 이들을 질투하며, 달팽이관을 새로 사서 바꿔 끼울 수 있다면 살고 있는 아파트라도 기꺼이 내놓겠다고 생각하기도 했다. (물론 과장이다. 공동명의라서 못 그런다.) 아침마다 슬로모션으로 일어나고, 치과나 피부과에 가서 드러누울 때면 공포에 휩싸여 쩔쩔맨다. 개가 기지개를 펴듯 머리를 아래로 확 숙이는 '다운도그' 자세를 하지 못해 사랑하는 요가도 그만뒀다.

영양제라는 세계에 접속하게 된 것도 이석증 때문이다. 칼슘과 마그네슘을 먹어야 했기 때문에. 그런데 이 알약들을 삼키려니 웩웩이 걱정되고. 그러니까 다시 구역질과 어지럼의 굴레인 것이다.

이건 콩밥에 관한 글인데 나의 적들에 관해 쓰고 말았다. 이제 콩밥 이야기를 해보자. 백태, 흑태, 녹두, 서리태, 선비콩, 완두콩과 호랑이콩, 강낭콩, 쥐눈이콩 등 세상에는 너무 많은 콩이 있고, 그 콩을 넣은 콩밥이 있다. 그런데 콩밥은 어쩐지 반찬과 함께 먹는 '밥'의 역할에 어울리지 않는다는 느낌이다. 콩이 섞인 밥에 카레를 얹어 먹는다고 상상해보라. 콩밥을 김에 싸 먹는다면? 콩밥을 미역국에 말아 먹는다면?

아, 역시 그건 아니다. 아닌 건 아닌 것이다. 무엇보다 콩은 텁텁하고 뻑뻑하다고요. 씹을 때마다 비리다고요. 목에 걸린다고요!

목구멍보다 건강을 더 걱정하는 나이가 되었으므로 가끔 콩밥을 먹는다. 주로 완두콩밥이다. 하지만 즐기진 않는다. 왜냐하면 흰쌀밥을 향한 나의 사랑이 깊기 때문이다. 소화, 흡수, 혈당, 칼로리 같은 말로 흰쌀밥을 음해하며 날 설득하려 해도 나의 애정은 흔들리지 않는다.

흰쌀밥 앞에서 세상 모든 음식은 훌륭한 반찬이

된다. 한우나 삼겹살을 구워 먹을 때도, 프라이드 치킨을 먹을 때도 나는 밥과 함께 먹는다. 한번은 누가 고기를 사준다기에 소고기 무한리필집에 따라갔는데, 공깃밥을 주문해 소고기와 함께 먹는 나를 보던 그의 눈빛을 잊지 못한다. 참담해 보이는 두 눈이 이렇게 말하고 있었다.

"아니 왜! 이 많은 고기 앞에서, 대체 왜 밥으로 배를 채워?"

나는 이렇듯 순수한 열정으로 흰쌀밥을 사랑하는 것이다. 어딜 가든 무엇을 먹든 공깃밥을 주문한다. 갓 지은 맛있는 밥만 있으면, 사실 고기 같은 건 없어도 그만. 그저 몇 가지 반찬만 있어도 충분하다. 따끈한 밥 한술 입에 넣고 오물거리면, 소용돌이치던 마음이 가라앉고 편안해진다. 오물오물의 끝, 입 안에 콩이 남지만 않는다면 말이다.

함께 밥을 먹고 대화를 나누며
깊어지기를
혼밥

이재호

아주대병원 가정의학과 전공의. 띵 시리즈에는 '프랑스식 자취 요리'로 참여해 『모쪼록 최선이었으면 하는 마음』을 출간했다.

이상한 일이다. '자취 요리'를 주제로 책도 낸 적 있는 사람이 혼밥을 싫어한다니, 자취 요리야말로 혼밥의 가장 대표적인 상징 아니었던가? 마치 '술은 마셨지만 음주 운전은 하지 않았습니다.'처럼 느껴지겠지만 나는 거리낌 없이 해명할 수 있다. '그때는 맞고, 지금은 틀리다.'

나는 혼밥을 상당히 즐기던 사람이다. 얼마나 즐겼냐면, 동네별 유명 맛집 뽀개기는 기본이고 혼자 고급 미슐랭 레스토랑에 가서 고독한 미식가처럼 세 시간 넘게 코스 요리와 와인 페어링을 즐기기도 했다. 그것도 한두 번이 아니라 셀 수 없이 여러 차례. 마음 맞는 사람이 있으면 같이 먹겠지만 그렇지 않다면 차라리 혼자 먹는 게 음식의 맛과 그 식당의 분위기를 훨씬 더 잘 즐기는 방법이라 생각했다. 그런 곳은 누구나 혼자서도 잘 갈 수 있는 곳이라고 이의를 제기할 분들을 위해 좀 더 언급하자면, 혼자 투플 한우 등심을 구워 먹은 적도 있다. 혼자 와인바를 가본 것은 당연하고. 그렇다면 대체 왜 지금은 혼밥을 싫어하게 되었을까.

가장 큰 이유는 경험의 축적이겠다. 한참 혼밥을 즐기던 시절의 나는, 혼자서 밥을 먹음으로써 느껴야 하는 부담스러운 시선보다 그 음식을 먹어서 얻는 즐거움이 더 컸다. 게다가 사람들은 사실 남에게 그다지 관심이 있지 않다는 것을 점차 깨달아갔기에 부담은 갈수록 적어지고 새로운 맛, 새로운 식당에 대한 욕망은 자꾸 커가던 시기였다. 그러나 세상의 일이라는 게 대체로 그렇듯 경험이 일정 수준 이상으로 쌓이게 되면, 역치가 높아져버려 만족감이 점차 줄어든다.

유럽의 숨은 맛집을 소개한 『한입이어도 제대로 먹는 유럽여행』을 쓰던 시절, 전 세계의 내로라하는 레스토랑들을 두루 다녔다. 내 배 속에 미슐랭 별을 몇 개나 담아냈는지 모르겠다. 심지어 이후 프랑스 요리학교까지 진학하며 서양 요리의 근간이라고 불리는 프랑스 요리의 A부터 Z까지를 직접 경험했다. 그러니 이제는 굳이 혼밥을 해가면서까지 꼭 먹어보고 싶은 간절한 음식이나 레스토랑이 더는 존재하지 않는다.

그럼, 이제는 맛있는 음식을 찾지 않을까? 그건 아니다. 요즘 식당들의 맛이 전반적으로 상향 평준화된 덕도 있는 데다 사람은 쉽게 변하지 않는다. 맛집 레이더는 여전히 잘 작동한다. 맛의 끝판왕을 찾지는 않아도 중간 보스는 여전히 때려잡는다.

그러나 이제는 단순히 '그 식당이 너무 궁금해, 그 음식을 꼭 먹어보고 싶어.'가 아니라 '그 음식을 먹으며 너와 좋은 시간을 보내고 싶어.'가 주가 되었다. 이제는 예전처럼 음식에만 집중하는 것이 아니라 함께하는 사람과의 시간에 집중하게 되었기에 이 음식이 대화의 흐름을 끊을 만큼 거슬리느냐 아니면 대화를 더 즐겁게 해주느냐가 중요해진 것이다.

애석하게도 요즘 나에게 혼밥은 일상이다. 『모쪼록 최선이었으면 하는 마음』을 쓰던 때는 혼자 집에서 우아하게 요리도 해 먹고 이따금 주변 사람들을 집으로 불러들여 파티를 즐기기도 했다. 하지만 이제 그런 것은 사치다. 새내기 의사, 인턴으로 불리는 시절을 지나는 나에게는. 요즘은 전공의 특별법 '주 80시간 초과 근무 금지, 연속 근무 36시간 초과 금지, 당직 최대 주 3회, 10시간 이상 오프 보장, 주 1회 24시간 오프 보장 등'이 적용되어 예전보다는 좀 살 만하다고 하지만, 실제 병원에 머무는 시간은 (휴게 시간이라는 유니콘 같은 시간 때문에) 법이 준수된다고 해도 주당 90시간이 넘는다. 법이 준수되지 못하는 과에서는 한 주에 112시간 넘게 일한 적도 있다. 일주일은 168시간인데 말이다.

병원에서 삼시 세끼 끼니를 해결하는 날이 많은데, 코로나 시대를 맞아 직원 식당은 대화를 금지하고 있으며 모든 테이블이 혼밥 좌석으로 바뀌었다. 그렇지 않아도 쏟아지는 업무와 언제 응급한 상황이 생길지 모르는 병원의 특성상 밥은 혼자 먹는 것이 당연시된다. 그나마도 빠르게 먹고 자리로 복귀해야 한다. 특별한 약속이 없다면 저녁까지 먹고 퇴근하는 것이 조금이라도 더 수면 시간을 보장하는 습관으로 자리 잡았다. 그나마 다행이라면 직원 식당의 밥이 그럭저럭 먹을 만하며 무료라는 것이다. 때로는 꽤 맛있기도 하다. 그래서 혼밥을 무척 싫어하지만, 자주 한다.

요즈음 내 인생의 최대 화두는 나를 혼밥하지 않게 해줄 환경을 스스로 나에게 만들어주는 것이다. 이제 곧 인턴이 끝나면 레지던트 생활을 하게 되는데, 근무지를 고를 때 내 기준에 가장 중요했던 요소 중 하나는 근무 시간이었다. 퇴근 후 저녁이 있는 삶, 주말이 있는 삶, 누군가를 만나 함께 식사를 할 수 있는 삶, 예전처럼 집에서 저녁을 손수 지어 먹을 수 있는 삶을 살게 해줄 직장을 원했다. 나는 지금 우리나라에서 제일 크고 좋다는 서울아산병원에서 근무하고 있다. 이 직장이 내게 보장해준 것들 — 부연 설명하지 않아도 되는 직장, 주변 사람들의 선망 어린 시선, 적어도 국내에서는 환자에게 최선의 치료를해줄 수 있다는 믿음, 체계적이고 효율적인 의료 시스템, 대기업 특유의 복지 혜택 등 — 은 상당히 매력적이다.

하지만 지금처럼 계속 혼밥을 하며 그마저도 내가 만든 것이 아닌 음식을 먹는 일의 연속은 나를 행복하게 해주지 않는다. 그래서 모두가 뜯어말렸지만, 나는 이곳을 떠나기로 했다. 우리는 언제 어디서 어떻게 죽을지 모른다. 앞으로의 미래에 주어질지 아닐지 알지도 못할 보상을 위해 현재를 희생하는 일은 인턴의 시간으로 족하다. 정시 퇴근을 보장하는 곳에서의 새 삶을 선택한 이유다.

집 또한 중요했다. 집에서 요리해 먹으려면 부엌이 좀 요리를 할 만한 크기의 공간이어야 하는데, 지금 사는 원룸은 너무 조그마해서 몸을 겨우 누일 수 있을 정도다. 서울 송파구에서 요리하며 살 만한 집으로 이사하기에는 내가 가진 돈이 턱없이 부족하다. 차라리 서울에서의 삶을 포기하는 것이 낫겠다는 게 나의 판단이었다. 결국 수도권에 머무르는 것으로 타협을 보았다. 이따금 누리고 싶은 서울의 매력은 이따금 누리면 되는 것이다. 이사할 집으로 부엌에 수납공간이 충분한 곳, 아일랜드식 부엌으로 요리할 공간이 충분한 곳을 택한 것은 이 때문이다.

그러나 이런 것들보다 앞서 중요한 것은 같이 먹을 '사람'의 존재다. 일찍 퇴근하면 뭐 하나, 요리할 수 있는 공간이 있으면 뭐 하나, 같이 먹을 '사람'이 없다면 아무짝에도 의미가 없다. 나는 누군가와 맛있는 음식을 함께 먹고 대화를 나누며 깊어지기를 바란다. 우리가 같이 먹은 맛있는 음식들을, 그 순간을, 그 감정을 잊지 않아주기를, 두고두고 같이 떠올릴 수 있는 추억으로 차곡차곡 쌓여가기를 바란다. 하늘 아래 새로울 음식이 그다지 없다 해도 함께 보낸 기억을 공유할 수 있는 사람이 있다면, 그것은 먹고 싶은 음식이며 누리고 싶은 음식이며 계속 갈구하고픈 음식일 것이다.

병원에서 근무하며 경험한 가장 딱했던 환자는 죽음을 코앞에 둔 이가 아니었다. 심지어 내 손에서 스르륵 숨결이 빠져나간 환자도 옆에서 슬퍼하는 보호자를 보면 마지막까지 지켜준 이가 있었다는 사실이 내게는 크게 다가왔다. 반면 아픈 몸을 이끌고 보호자 없이 혼자 병원에 왔거나, 혹은 목숨이 위험하다는데도 전화받기를 거부하는 법적 보호자를 둔 이들을 보고 있노라면, 산다는 게 다 뭘까, 이러한 생명 연장 행위는 대체 무슨 의미가 있나 싶어 쓸쓸해지기도 한다.

사랑에 실패해도 다시 사랑하고 싶은 것, 사랑이 아니면 아무것도 아니라고 느끼는 것, 둘이 된다

해도 외로움은 평생 곁에 머물겠지만 그럼에도 기꺼이 둘이 되어보고 싶은 것. 지금은 혼자 숱하게 밥을 먹지만 누군가와 함께 따뜻한 밥 차려 먹을 날을 손꼽아 기다린다.

우리, 오늘은 혼자 밥 먹지 말자.

차라리 굶고 말래요

배달 음식

김민지

카레집 사장. 띵 시리즈에는 '카레'로 참여해 『카레 만드는 사람입니다』를 출간했다.

꼼짝도 하기 싫고 집 밖에 나가고 싶지 않은 날이 있다. 휴일에 최소한 한 번은 외출을 해야 하는 나로서는 흔치 않은 경우다. 일조량이 짧은 겨울일수록 무기력함은 심해진다. 이렇게 집에만 있다가는 주말을 아무렇게나 써버린 걸 후회하거나 기분이 아주 가라앉고 말 텐데, 하는 걱정은 안온하고 따뜻한 이불 속에서 사라진다. 그렇다. 나는 집에 있을 때 대체로 누워 있는 유형의 인간이다.

　　통으로 늦잠을 자고 싶다는 바람과 달리, 출근 준비를 해야 하는 시간보다 빨리 눈이 떠진다. 아니 평일에는 알람 소리 듣기마저 힘들건만 주말의 신체시계는 알람보다 빠르다. 왠지 손해 보는 기분이 든다. 다시 몸에 이불을 돌돌 말고 눈을 감고 잠을 청해본다. 최소 10시는 지나서 다시 눈이 떠지기를 바라며.

　　아침식사는 주로 토스트한 식빵과 직접 내린 커피 한 잔으로 가볍게 먹는다. 어릴 때부터 이어진 습관이다. (물론, 커피는 아니었지만.) 주로 빵이나 시리얼 등을 먹는 아침 습관을 평생 들이다 보니, 아침부터

쌀밥과 국, 각종 반찬 곁들인 푸짐한 식사에 익숙지
않다. 꼭 한식이 아니더라도 아침부터 무거운 음식
을 먹는 건 영 내키지 않는다.

　　대충 차려 먹고 나면 시간은 11시쯤이다. 남들
점심 먹을 시간에 아침 먹었으니 밥 생각은 없어야
할 텐데, 다음 끼니는 몇시에 무얼 어떻게 먹을 것인
지 하는 고민이 머릿속을 스쳐간다. 설거지하고 다
시 이불 속으로 들어가 생각해보자.

　　여기서 짚고 넘어가야 할 한 가지. 우리 집은 다
른 집들과 아주 큰 차이점이 있다. 바로 '집밥'을 차
려 먹을 수 없다는 점이다. 아마 식당을 운영하면서
집과 업장의 위치가 멀어 퇴근이 늦는 자영업자라면
공감할지도 모른다. 고작 주말 동안 집에서 밥을 먹
기 위해 고민하며 식재료를 사기도 싫고, 요리하고
싶지도 않다. 쌀은 물론이고 심지어 밥솥도 없다. 소
금, 후추, 마늘, 고추 등 기본적인 양념이나 식용유,
간장, 설탕, 식초 등등 하여간 자취생들도 기본적으
로 찬장에 갖추고 있을 아이템들이 우리 집에는 없
다는 얘기다. (자세한 내용은 『카레 만드는 사람입니다』에

서 확인할 수 있다.) 주말 아침 필수 품목인 커피 원두와 빵을 제외하면.

앞서 말한, 휴일에도 최소한 한 번은 외출해야 하는 이유가 여기에 있다. 기분 전환은 둘째치고라도, 의식주의 '식'이 해결되지 않기 때문이다. 쉬는 날에 최소 하루 한 번은 외식을 해야 끼니 해결이 가능하다. 평소라면 이미 주초부터 모든 것을 결정했을 터. 화요일에 퇴근하면서 '주말에 뭐 먹지?' 계획 세우는 사람이 나다. 하지만 겨울이라면 얘기가 달라진다. 나가기 너무너무 귀찮다!

배달시켜 먹으면 되지 않냐고? 나는 여기에 대해 할 말이 많은 사람이다.

카레집 하기 전에도 우리 집은 1년에 한 번 배달 음식 시켜 먹을까 말까 했다. 가끔 특정 치킨이 먹고 싶은데 집 근처에 없을 때 정도. 근데 요즘은 1인 가정이라도 일주일에 한 번 배달시켜 먹으면 적게 시켜 먹은 거라더라. 배달 라이더들의 수도 눈에 띄게 급증했다. 예전에는 중국집이나 치킨집 배달원, 혹은 맥도날드나 피자헛 라이더들이나 아주 가끔 볼 수 있었는데. 만약 외출하거든, 도로 위를 달리고 있는 배달 오토바이가 몇이나 되는지 세어보라. 점심 시간을 앞두고 있다면 최소 열 명은 금세 찾을 수 있을 거다. 신호 위반은 또 어찌나 많이 하는지. 여기저기서 쏟아지는 배달 앱 광고는 또 어떤가. 배달 음식이 완전히 우리 식탁 위를 점령한 셈이다.

수요 공급의 법칙. 시장에서는 수요가 많아야 공급이 생겨난단 얘기다. 배달도 마찬가지다. 나만 빼고 다들 편하게 배달시켜 먹고 있다는 결론이 나온다.

한번은 어떤 식당에 가려고 위치를 검색하다 지도 앱에 달린 리뷰를 읽은 적이 있다. 별점 1점과 함께 이렇게 적혀 있었다.

— 코로나 시대에 배달도 안 하고 포장도 안 되는 말도 안 되는 식당.

뜨끔했다. 나의 카레집 역시 배달도 포장도 하지 않기 때문이다. 팬데믹 시대에 접어들면서 배달

업이 더더욱 호황을 누린 건 누가 봐도 맞는 얘기다. 앞서 말했듯, 그만큼 수요가 있으니까.

그런데, 남들 다 한다고 그 흐름에 동참하는 것을 과연 옳고 그름의 문제로 판단할 수 있는 걸까? 파는 사람이 그렇게 운영 안 하겠다는데. 나의 경우 혼자서 만들기 때문에 포장까지 감당할 생산량을 맞추지 못하게 된 이후 포장 서비스를 중단했다. 그러니 배달도 안 한 건 당연한 결과였다. 더군다나 포장 서비스를 하던 때조차도 다량의 일회용기를 수요하고 공급하는 것이 싫어서, 다회용기를 지참한 경우에만 포장을 해드렸었다.

별점 1점 리뷰를 남긴 사람도 맛있는 음식을 먹고 싶어서 해당 업장에 관심을 가졌을 거다. 그런데 배달이나 포장 가능 여부가 그렇게 중요하다면, 그냥 배달이나 포장이 되는 다른 집을 가는 게 맞지 않을까. 지천에 널린 게 배달되고 포장되는 식당인데.

여러모로 나는 배달 음식이 불편하고 불만족스럽다. 일단은 쓰레기가 문제다. 샌드위치나 햄버거, 치킨, 피자 등 종이 포장을 쓰는 특정 품목이 아니라면 대부분 플라스틱 용기를 사용한다. 하물며 요즘은 중국집도 전용 배달원을 쓰지 않아 그릇 수거를 하지 못하기에 일회용 플라스틱 용기에 짜장면을 담아 배달한다.

그런데 이 플라스틱 용기, 나만 찜찜한가요? 짜장면은 물론이고 떡볶이를 비롯한 대부분 뜨겁게 조리되어 오는 음식들은 다 똑같은 불투명 일회용 플라스틱 통에 담겨 온다. (이건 비단 배달만의 문제는 아니어서, 나는 웬만하면 종이 외의 소재를 사용하는 포장은 피하는 편이다.) 음식 포장 용도로 나왔기에 당연히 내열 처리 정도는 되어 있을 거다. 뜨거운 음식을 담았을 때 녹을 지경까진 아니라는 거다. 그런데 눈에 보이지 않는 환경호르몬은? 눈에 안 보이니 모른 척하고 다들 먹는 걸까? 나처럼 환경호르몬이 싫어서 탈취제나 각종 방향제마저 쓰지 않는 사람은 도무지 모른 척할 수가 없다.

게다가 종이 쓰레기가 나올 때와 플라스틱 쓰레기가 나올 때의 죄책감은 무게 자체가 다르다. 솔직히 종이 쓰레기는 죄책감을 느껴본 적이 별로 없다. 잘 타고 잘 썩는 소재고, 종이 쇼핑백 같은 경우엔

헐어서 너덜너덜해질 지경까지 다시 쓰고 또 쓴다. 내가 허용할 수 있는 마지노선이랄까.

반면 플라스틱 용기는? 깨끗하게 씻어서 다시 쓴다는 사람들도 있지만 굳이 그렇게까지 하고 싶지 않다. 집에서 쓰는 보관 용기들도 대부분 유리 소재로만 갖춘 나 같은 사람이 굳이 플라스틱 용기까지 뒀다가 쓰겠는가. 게다가 플라스틱 용기를 계속 재활용하다 보면 미세하게 흠집이 생기기 마련이고, 미세 플라스틱까지 섭취하게 될 수도 있다. 그리고 이 사실을 아시는지. 인류가 발명한 최초의 플라스틱은 아직도 분해되지 않았다. 즉, 인류 역사의 모든 플라스틱 쓰레기들이 아직도 지구 어딘가에 자리하고 있다는 거다.

이 플라스틱, 참 애매하다. 생각보다 재활용 요건이 까다롭다. 치킨무 스타일 포장 용기라면 반드시 분리배출해야 한다. 요즘은 음료 포장 또한 종이컵이라도 PVC 소재로 실링이 되어 온다. 그런데 가장자리는 접착력이 아주 강력해서, PVC 필름을 깨끗하게 제거하기가 쉽지 않다. 이 지점에서 일단 떡볶이가 담겨 온 플라스틱 통은 제대로 재활용 처리가 되지 않을 확률이 높다. 게다가 음식물 등의 이물질이 붙어 있으면 애초에 불합격이다. 변색될 지경으로 착색된 것도 마찬가지. 많이들 시켜 먹는 마라탕 같은 것들도 보통 착색되는 게 아니다.

여기서 자연스럽게 두 번째 문제로 넘어간다. 배달 음식, 먹을 수 있는 적정량만 시키기가 여간 까다로운 게 아니다. 3인 이상의 모임이 있을 땐 차라리 배달 음식 시키는 게 나을 수도 있다. 툭 까놓고 말해 쓰레기 문제라면, 우리가 일상에서 식재료 장볼 때도 엄청나게 나온다. 웬만한 채소나 생선, 고기, 두부 등의 식자재들은 비닐과 랩으로 포장되어 있지 않은가.

하지만 1인이라면 얘기가 다르다. 배달 요건을 충족하려면 음식을 포장해 올 때처럼 1인분만 주문하기란 불가능에 가깝다. 2인분 같은 1인분이라면 모를까. 때문에 한 번 배달시키려면 나가는 돈이 웬만한 외식 비용보다 비싸다. 요즘 소비자들 사이에서 말 많은 배달비 책정이나 최소 주문 금액은 또 어떤가. 배달비도 비싸고, 최소 주문 금액도 너무 높다. 라떼는 말야, 짜장면 두 그릇 배달시키면 배달비는커녕 군만두 서비스는 기본이었다구. 심지어 짜장면 한 그릇도 총알 배송해줬어….

그런데 여기에 소비자들은 알기 힘든 자영업자들의 속사정이 있다. 나는 배달 서비스를 하지 않기에 별로 상관이 없지만, 귀동냥으로 들은 주변 동료 자영업자들의 이야기다. 아마 회사마다 다르겠지만, 손님에게 배달료를 받아도 대행 회사에 수수료가 10~30% 나간단다. 손님들에게 받는 배달비도 비싼데 어떻게 수수료까지 이렇게 높게 책정하느냐, 이렇게는 거래하지 못한다, 하고 따지면 단가를 높이거나 최소 주문 금액을 높이라는 답변이 돌아온다고 한다.

지금은 팬데믹 시대다. 자영업자들은 500원이라도 더 벌기 위해 어쩔 수 없이 배달 주문을 받는다. 배달은 또 별점이 중요해서, 좋은 리뷰를 받기 위해 서비스를 하나라도 더 넣어 보낸다. 그러나 익명의 사람들은 너무나 쉽게 상대방의 마음에 비수를 꽂는 후기 아닌 지나친 악평을 아무렇지도 않게 남긴다. (이런 악평들을 우연히 볼 때면, 그 사람의 업무 평가를 익명에게 맡긴 후 결과를 읊게 해주고 싶다는 상상을 한다.) 안타까운 현실이다.

그리고 이건 또 다른 이야기. 택시 탈 때도 맘 편히 잠을 청하지 못하는 여성들은 배달도 마음 편히 시키지 못한다. 특히 혼자 살거나 가족 중 남자가 없다면 더더욱. 요즘 배달은 선불이기도 하고 배달 요청 사항도 적을 수 있어 '문 앞에 두고 가세요.' 등의 주문도 가능하지만, 그래도 불안한 건 매한가지다. 문 앞에 두고 가달라 요청한 후 조금 있다 문을 열었더니 배달부가 계단 아래 앉아서 기다리고 있더라, 현관문 렌즈 구멍을 통해 쳐다보고 있더라, 하는 일화는 단순 도시 괴담이 아닌 실제로 있었던 누군가의 경험담이다. 모든 배달원들을 싸잡아 비난하는 게 아니다. 몇몇 사건들만으로도, 내가 당하면 100%라는 생각이 깊이 각인되어 있는 거다. 배달을 시키기 망설여지는 이유, 또 배달 음식을 받기 직전 모종의 불안함까지. 다 이에 기인한다.

마지막으로 이런저런 문제들 다 차치하고서라

도, 나의 경우 일단 매장에서 먹는 것보다 맛이 덜하기 때문에 배달은 안 시켜 먹는다. 배달 음식 특유의 미지근한 온도부터 맛있을 거란 기대감을 떨어뜨린다. 내가 직접 가서 포장해 왔을 땐 걸어서 왔다 갔다 하는 시간 등등을 고려하면 당연히 이 정도는 음식이 식을 수 있지, 감안할 수 있다.

그런데 배달은 돈을 지불한 일종의 서비스다. 보온 기능도 겸한 배달박스에 담겨 온 음식이 미적지근하게 식어 있다? 그렇게 먼 거리도 아닌데 오래 기다려 받은 음식이 미지근하다? 필시 한 번에 주문 여러 건을 받아 이곳저곳 다녀왔단 얘기다. 오죽하면 1:1 라이더 직배송 시스템을 광고하는 배달 서비스까지 생겼겠는가.

배달 앱을 통한 주문은 평점과 리뷰가 워낙 중요하기에, 음식을 만든 사람 또한 홀에서 받은 주문 못지않게 정성을 다했을 것이다. 그런데 그 정성을, 웃돈을 더 주고서도 온전히 느끼지 못한다는 건 맛있는 음식을 소중하게 생각하는 '부지런한 돼지'로서 용납할 수 없는 부분이다. 시켜 먹느니 직접 가서 사 먹겠다고 마음먹은 이유가 여기에도 있다.

그리고 다들 공감할 거다. 웬만한 배달 음식은 귀찮으니까 시켜 먹는 거지, 특별히 더 맛있으니까 시켜 먹는 거 아니라고. 팬데믹 시대에도 맛집은 여전히 길게 줄 서는 사람들로 북적이는 걸 보면 말 다했지.

배달 음식으로 당장의 배고픔은 달랠지언정, 마음은 달래지지 않는다. 달고 짠 맛, 자극적인 맛으로 버무린 음식일수록 후회는 오래간다. 남은 음식과 더불어 발생한 비닐, 플라스틱 쓰레기들을 보며 생각한다. 아, 돈 아까워…. 귀찮음을 이기지 못하고 배달 주문을 한 게으른 나는, 배만 부르고 기분도 나빠지고 쓰레기까지 추가로 만들고야 만다. (나까지 쓰레기가 된 느낌적 느낌.) 남은 건 저녁에 혹은 내일 또 먹자, 생각하며 냉장고 문을 열어 눈앞에서 음식을 치워본다. 식은 음식 다시 데워 먹는 거 좋아하지 않는 사람, 비단 나뿐만은 아닐 테다.

그렇게 남은 배달 음식으로 음식물 쓰레기까지 만든 경험을 몇 번 하고 나서는, 결심하고 만 것이다. 배달시키느니 그냥 굶자고. 정 배고프면 찬장에 하나 남아 있는 라면이나 끓여 먹지, 뭐. 나는 다시 전기장판 위에 이불을 돌돌 말고 누워서 낮잠을 청해본다. 역시 먹고 눕는 게 최고야.

● 배달 음식은 안 시켜 먹지만 배달 앱은 깔려 있다. 주변 가게들에서 포장을 하거나 식사를 하러 갈 때, 혹시 품절된 메뉴가 있는지 확인하기 아주 좋다. 특히 베이커리 같은 경우엔 더더욱.

그리워하다

기내식

허윤선

《얼루어 코리아》 피처 디렉터. 띵 시리즈에는 '훠궈'로 참여해 『내가 사랑하는 빨강』을 출간했다.

"그렇게 훠궈를 좋아하는지 몰랐어요."

훠궈에 대한 에세이『내가 사랑하는 빨강』을 내고 가장 많이 들은 말이다. 그러나 '그렇게 좋아하는지'라는 말이 다르게 받아들여지기도 했는데, '훠궈만 좋아하는 사람'으로 보이기도 한 모양이었다. 사적 또는 공적으로 나와 많은 시간을 보낸 사람이 아니고 단순히 이름과 얼굴만 알거나 책만 읽은 분들이라면 그렇게 생각할 수도 있겠다고 수긍했다.

한 친구는 이렇게 말했다.

"그게 말이야. 훠궈에 너무 진심이더라고, 놀랄 정도로. 그렇게 훠궈를 먹어댔는데 다른 음식을 먹을 겨를이 있겠나 싶지 않겠어?"

이번 기회에 몇 가지 오해를 바로잡아보자.

첫째, 훠궈왕, 훠윤선 등 별명이 무색하게 생각보다 훠궈를 많이 먹고 있지 못하다. 책 출간 직후에는 너도나도 나와 훠궈를 먹어야겠다고 해서 하루에 두 번 먹은 적도 있다. 한 수 가르쳐달라는 요청이 쇄도해 한두 달간 훠궈를 집중적으로 먹었다. 좋아하는 음식이지만 그야말로 질리고 말아서 한동안 휴식기를 가졌다. 이후로도 '역병 시국'인 만큼 조심스러워서 훠궈를 먹는 일이 급격히 줄었다. 이제는 내가 먹자고 하는 일은 거의 없고, 누가 먹자고 하면 먹지만 한 달에 한 번 먹을까 한 일이 되었다. 훠궈인들의 행복을 위해서라도 팬데믹 종식이 시급하다.

둘째, 낯설면서도 방대한 즐거움이 있는 훠궈에 유독 빠져 있었을 뿐이지, 나는 다양하고 많은 음식을 좋아한다. 가장 좋아하는 음식은 한식이지만 세계 각국의 음식을 대부분 좋아한다. 처음 '띵 시리즈' 제안을 받았을 때도 나는 태국 음식, 스시, 홍콩 음식(광둥 음식), 또는 사천 음식에 대해서도 쓸 수 있다고 열정을 불태우다 세미콜론 편집부의 권유로 '훠궈'로 결정해 쓰게 된 사연이 있다. 본래 음식을 즐기는 가족 문화에, 라이프스타일과 문화를 다루는 일을 하면서 식문화를 경험하고 취재하는 일이 더해져 나는 음식을 먹는 일도, 새로운 음식에 도전하는 일도, 음식 이야기를 읽고 쓰는 일도 좋아하게 됐다.

여러분, 저는 맛있는 음식을 너무 좋아하는 사람입니다. 훠궈도 좋아하는 것이지요.

때문에 싫어하는 음식에 대한 앤솔러지 참여는 고민이 되었다. 덜 선호하는 음식이 있을 뿐, 딱히 싫어하는 음식이 있는 것은 아니기 때문이다. 크림 파스타를 토마토나 오일 파스타에 비해 덜 선호할 뿐이지 싫어하지 않고, 자장면보다 짬뽕을 더 선호할 뿐이지 자장면을 싫어하는 것도 아니기 때문이다. 고수나 내장, 물곰탕처럼 기묘한 식감, 날음식처럼 호불호가 갈리는 식재료나 음식도 나는 대체로 '호'다.

싫어하는 음식을 애써 떠올려보았다.

첫째, 아무 음식에 트러플 오일을 넣는 것. 인위적인 향이 나고 대체로 가격이 비싸지지만 글쎄? 둘째, 아무 음식에나 치즈를 넣는 것. 대체로 저렴한 치즈이며 캡사이신의 맛을 중화시키는 용도이다. 셋째, 남은 소스에 밥을 볶아 먹는 것. 이미 충분히 먹은 소스에 밥까지 먹어야 한다니. 차라리 흰밥과 된장찌개로 마무리하는 게 새롭다. 단, 압구정 '최가네 버섯샤브매운탕'처럼 신선한 채소를 다져 넣고 성실하게 만든 볶음밥은 예외다. 감탄이 나올 정도의 맛이다. 넷째, 화보 촬영장에서 이용하는 케이터링과 배달 음식들. 이미 질렸기도 하거니와 일하면서 서서 대충 먹는 음식이 맛있을 리 없다.

　이 과정을 거쳐 곰곰이 생각해보니 하나가 있었다. 내가 싫어하는 음식. 싫어하는데 이제는 도통 먹을 수 없게 된 음식. 바로 기내식이다.

　마지막으로 기내식을 먹었던 게 언제였더라. 누구나 마지막 여행을 기억할 것이다. 팬데믹은 우리에게 마지막 여행이라는 생소한 감각을 남겼다. 마지막 출장은 더 강렬한 기억으로 남았다. 뒤늦게 스케줄 앱을 찾아보니 2019년 10월 21일 남아프리카공화국이 나의 마지막 출장이다. 그 출장이 어땠냐 하면 좋기도 하고 나쁘기도 했다. 남아공의 자연과 초원의 코뿔소는 스펙터클하고 아름다웠지만, 거대한 땅덩어리인지라 이동이 너무 많아 쉽게 지쳤다. 노골적으로 아시아 지역을 무시하는 미국 저널리스트에게 종종 불쾌감을 느꼈다. 그럼에도 남아공의 리조트 호숫가에 앉아 바라보던 석양과 이름 모를 이국적인 새들의 노래는 몇 번이고 기억에서 재생

된다.

이 기억 속에 에미레이트항공의 기내식은 어디론가 사라지고 없다. 긴 비행을 왕복으로 했으니 분명히 먹긴 먹었을 텐데도. 2019년 11월 16일에는 파리를 경유해 스톡홀름과 코펜하겐에 갔다. (『내가 사랑하는 빨강』 '코펜하겐에서 만난 지옥' 편 참고.) 그게 마지막 해외 일정이다. 돌아올 때도 파리를 경유했으니 마지막으로 먹은 기내식은 아마도 에어프랑스 것. 기내식은 여전히 기록에도 기억에도 없고, 인천공항에 도착하자마자 평화옥에서 곰탕을 먹은 기록만이 사진함에 남아 있었다.

기내식을 먹는 둥 마는 둥 하는 대신 도착하자마자 한식을 사 먹는 게 내 습관이었다. 메뉴도 대충 정해져 있었다. 제1터미널에서는 봉피양 냉면이나 비비고 김치찌개 소반을 사 먹었고, 제2터미널에서는 평화옥 곰탕을 사 먹었다. 그렇게 모국의 맛으로 부른 배를 두드리며 공항버스를 타고 집으로 향하면 비로소 돌아온 기분이 들었다.

분명히 기내식에 설렜을 때도 있었다. 친구와

기내식 먹는 모습을 필름 카메라로 서로 찍어주기도 했었다. 스무 살 무렵, '베프와의 첫 여행'이라는 부제가 있었던 그 여행에는 캐세이퍼시픽의 기내식이 함께했다. "치킨 오어 비프?" 하면 역시 비프일까? 생각하고 있었는데 "오믈렛 오어 누들?" 하는 바람에 허를 찔렸던 기억도 있다. 포마드를 매끈하게 바른 스튜어드가 하겐다즈 컵이 가득 든 트레이를 내밀면, 어느 슈퍼에나 있는 하겐다즈도 특별해졌다. 그 무렵엔 기내식을 좋아했던 것 같다. 그런 때도 있었는데 말이다.

항공사 담요의 질을 줄 세울 수 있을 만큼 자주 출장을 떠나게 되며 기내식이 싫어졌다. 맛이 없어 먹고 싶지 않을 때도 있지만, 몸에서 기내식을 거부한다는 느낌이 들 때는 더 많았다. 내게 출장이란, 늘 정신없이 떠났다가 정신없이 돌아오는 것이었다. 대부분 출장 가기 직전까지 일을 했다. 이건 관용적인 표현이 아니라, 강남의 사무실에서 밤을 새우고 어스름한 새벽에 도심공항터미널에서 체크인을 하고 출장을 간다는 뜻이다.

매달 정해진 날 마감을 해야 하는 나의 입장에

서 출장은 기대되는 것인 동시에, 출장으로 인해 사무실을 비우는 시간만큼을 미리 일해두어야 하는 것이었다. 마감일에 애매하게 걸쳐진 일정이라면 나의 동료들이 13일에 마감을 할 때 혼자 9일까지 마감을 해야 한다는 뜻이었고, 월말쯤 떠나는 출장이라면 촬영을 미리 하거나 돌아와서 곧장 일할 수 있게 준비를 완벽하게 해두어야 한다는 의미였다. 회사에서 밤을 새우지 않더라도 자정쯤 귀가해 급하게 짐을 챙겨서 두어 시간 눈을 붙일락 말락 하며 공항으로 가곤 했다. 기내에서도 일을 해야 하니 어깨에는 벽돌처럼 무거운 노트북 가방을 메고 한 손으로는 질질 트렁크를 끄는 거다. 그런 피곤에 절여진 몸으로 비행기를 타서 운 좋게 기절하면 다행이지만, 반대로 온갖 감각이 예민하게 살아나기 십상이었다. 출발하기 전에 브라를 벗었는데도 '불편하다, 불편해…. 불편해서 못 살겠네.'라고 속으로 한없이 되뇌게 된다.

그때쯤 기내식을 준비하는 냄새가 솔솔 나기 시작한다. 기내식 제조업체에서 만든 기내식을 비행기 오븐으로 데우는 냄새이다. 누군가한테는 고소하고 맛있는 냄새일까? 내게는 더없이 답답한 냄새다. 기름진 양념의 냄새. 채 정리되지 않은 육식의 냄새. 맛있는 가정식 요리가 아닌, 공장을 거쳐 위생적으로 표백된, 기내식 특유의 냄새가 분명히 있다.

창문을 활짝 열어 환기를 하고 싶지만, 당연히 창문은 열리지 않는다. 자리의 불편함은 어떻고? 좁디좁은 공간에서 쟁반을 내리고, 옆구리로 옆사람을 찌르지 않으려고 조심한다. 포일을 벗겨서 오늘의 기내식을 확인한다. 아, 외항사는 왜 비빔밥을 안 하는 걸까? 모든 외항사가 비빔밥을 주면 좋겠는데. 어떤 고기도 냄새가 나고, 기름지다. 윤기 있는 쌀도 고슬거리는 안남미도 아닌 어설픈 이 밥에서도 특유의 냄새가 난다. 샐러드, 버섯, 당근과 같은 채소를 조금 골라 먹고, 디저트로 나온 케이크를 조금 먹으면 도무지 더 먹고 싶지가 않다.

4만 피트 상공을 나는 여객기에서는 인간의 소화력이 떨어진다. 그래서 소화 흡수가 잘 되면서 입맛을 돋울 수 있는 음식을 선보이는 게 항공사의 자존심이자 룰인데도, 내 소화력은 번번이 지는 것이다…. 한참을 지나도 치워지지 않는 트레이와 함께 30분가량을 그저 똑바로 앉아 있어서 그런가? 이코노미 클래스라서 그런 것 아니냐고 할 수 있지만, 비즈니스 클래스를 탈 때도 자리가 좀 더 쾌적할 뿐 맛이 없는 건 마찬가지다. 이런 출장을 1년에 여섯 번에서 많으면 열두 번쯤 다니다 보니 그만 기내식이 질려버렸다.

여러 가지 노력도 해봤다. 나와 같은 사람이라면 미리 주문해야 하는 특별 기내식에 도전해보라고 하고 싶다. 여섯 시간 이하의 짧은 비행이라면 '과일식'을 추천한다. 과일식은 정말 과일에 빵만 나온다. 상큼한 과일을 먹는 건 언제나 기분 좋은 일이다. 다만 양이 많지 않으니 장거리 비행에선 안 된다. 저지방식은 콜레스테롤 함량이 적은 재료로 만드는데, 보통 퍽퍽한 닭가슴살이 나온다. 나는 촉촉한 닭다리살을 좋아하는 쪽이라 실패!

특별 기내식 중 가장 만족도가 높았던 것은 '연식'이었다. 영어로는 'bland meal'. 일종의 환자식으로 재료를 잘게 썰거나 삶아서 으깨 부드럽게 만드는 음식이다. 예를 들면 죽이나 단호박 포타주 같은 것이라 밤 새우고 피곤한 위장을 달래준다. 대신 소화가 빨라서인지 기내식과 기내식 사이에 굉장히 배가 고파지는 것이 단점이다. 그래도 이렇게 특별 기내식이라도 신청한 경우는 내게 얼마간의 제정신이 남아 있을 때다. 혼자 떠나는 출장도 있지만, 셀럽과 함께 화보 촬영팀 열 명 남짓을 인솔해서 갈 때는 ─ 대가족이 함께하는 가족 여행의 모든 걸 내가 준비하고 진행한다고 생각하면 쉽다. ─ 웹사이트를 열고 로그인하고 기내식을 신청하는 그럴 정신이 어디 있으며, 그럴 정신이 남아 있다면 다른 일을 해야만 했을 것이다.

그렇게 기내식에 영 물린 후에는 생존을 위해 나름의 루틴이 생겼다. 비몽사몽간에 공항에 도착하는 대목까진 같지만, 시간 여유가 있다면 공항에서 미리 밥을 사 먹는다. 그럴 시간도 부족하다면 게이트로 가는 길에 샌드위치나 샐러드 도시락을 구입한다. 급한 대로 삼각김밥도 괜찮다. 구입한 샌드위치를 소중하게 안고 기내에 올라 좌석에 자리를 잡은 뒤 벨트를 매고 출발 준비를 완료한다. 아마 몇 명은 또 늦을 거고 게이트를 벗어나려면 시간이 더 걸릴 것이다. 자라홈에서 산 안대를 쓰고 목베개를 낀 후 이륙하기 전에 잠을 청한다.

잠결에 기내식 냄새가 나는 것 같더라도 무시한다. 가끔 깨우는 승무원이 있으면 안 먹는다고 손을 내젓는다. 그럼 운이 좋다면 눈을 떴을 때 이미 두세 시간쯤은 하늘을 날고 있을 것이고 어쩐지 개운함까지 느껴진다. 그때 나의 기내식, 샌드위치를 꺼내어 먹는 것이다. 냠냠…. 샌드위치는 맛있다.

간혹 맛있는 기내식이 있기는 있다. 밥과 즉석 국이 나오는 비빔밥이야말로 이코노미 클래스도, 비즈니스 클래스도 평등하게 누릴 수 있는 최고의 기내식이라고 할 수 있다. 그러나 이때도 나는 고추장을 넣어 비비지 않고 나물 백반처럼 밥과 비빔밥 재료를 조금씩 따로 먹는다. 아시아나항공의 쌈밥도 좋아한다. 운 좋게 쌈밥을 만나게 된다면 먼저 비닐을 벗긴 뒤 쌈채소를 가로로 절반, 세로로 절반 잘라 놓는다. 짭조름한 불고기에 흰밥, 여기에 조각 낸 쌈채소를 젓가락으로 얹은 뒤 여러 가지 견과류를 갈아 넣어 짠맛을 줄였다는 쌈장을 두 번 발라 입안에 넣으면 된다.

인상적으로 기억에 남은 비즈니스 클래스의 기내식도 있다. 일본항공(JAL)에서 전채로 내놓은 9칸짜리 도시락은 특별한 맛은 아니었지만 눈이 상큼했다. 내가 경험한 최고의 기내식은 터키항공의 기내식이었다. '플라잉 셰프', 셰프가 함께 탑승해 조리를 해준다는 콘셉트로, 모든 코스의 가짓수를 다양하게 두어 먹고 싶은 것을 선택할 수 있었다. 디저트 역시 이스탄불에서 흔하게 볼 수 있는 디저트 가게를 작게 옮겨놓은 것처럼 다양했다. 잠시 기내라는 걸 잊을 정도로 맛있는 음식이 한가득이라, 비행기가 아니라 마법의 양탄자를 탄 기분을 잠깐이나마 느꼈다.

이 모든 것들이 이제는 다 추억이 되었다. 기내식 대신 찾던 공항의 식당 중에는 이미 사라진 곳도 있다. 바이러스가 전 지구를 점령한 후 나는 조금 불행해졌는데, 더 이상 새로운 감각으로 나를 채울 수 없게 되었기 때문이다. 낯선 곳을 걷고 낯선 곳에서 낯선 음식을 먹는 게 너무 좋았다. 기후도 사람도 언어도 달라서 모든 것이 낯설수록 좋았다. 폐허를 걸으면서 인생이란 결국 소멸하는 과정임을 생각한 작가 제프 다이어와 반대로, 나는 낯선 곳을 걸으면서 인생이란 결국 살아 있음을 느끼는 과정이라고 생각했다.

힘들다고 투덜댔지만, 사실 알고 있었다. 그런 출장과 여행이야말로 최고의 즐거움이었다는 것을. 얼마 전 백화점에서 특별 행사로 '기내식'을 판매하는 모습을 봤다. 잠시 기내식 먹는 기분을 느끼라는 것일 텐데, 우리가 바라는 게 그런 기내식은 아닐 거다. 지금의 모든 일들이 언젠가 다 추억이 된다면, 우리에게 다시 여행과 출장이 돌아온다면, 나는 기내식을 앞에 두고 조금 감격할지 모르겠다. 그리운 냄새가 난다고.

소망분식 큰아들의 눈물

떡볶이

봉달호

편의점 점주. 작가. 띵 시리즈에는 '삼각김밥'으로 참여해 『힘들 땐 참치 마요』를 출간했다.

동생은 고로케를 먹지 않고, 나는 떡볶이를 싫어한다. 명색이 떡볶이집 형제가 분식점 인기 메뉴에 등을 돌린 이유는 각자 나름의 사연이 있다. 먼저 동생. 잡채소가 듬뿍 들어간 고로케는 당시 분식점에서 값나가는 먹을거리였는데 엄마가 판매 수량을 잘 가늠해 그런지 안 팔려 남는 날이 흔치 않았다. 하나라도 남는 날엔 서로 먹겠다고 다투다 엄마에게 혼나곤 했다. 무릎 꿇고 앉아 손들고 울면서도 '양보할 걸 그랬다.' 후회하지는 않았지.

고로케는 직접 만드는 메뉴는 아니었다. 공장에서 떼어 가게에서는 데워 팔기만 했다. 하루는 점심 지나 고로케 바구니가 비었다. "옆 동네 가서 고로케 좀 가져오니라." 그토록 숭모하던 고로케 공장에 가본다니 얼마나 설렜겠나. 평소엔 심부름을 싫어했지만 그날은 '내가 바로 심부름의 적임자'라며 또 아옹다옹 다퉜다. 결국 동생이 낙점. 녀석은 혀를 쑥 내밀어 골리곤 룰루랄라 콧노래 부르며 뛰어나갔다. 그리고 한참 뒤 세상을 다 잃은 표정으로 돌아왔다. 녀석이 공장에서 목격한 참상은 차마 글로 다 옮길 수 없을 지경. 그 시절엔 적잖이 그랬다. 아무튼 말로만 듣고 눈으로 보지 않은 나는 그날부터 여유롭게 고로케를 독점할 수 있었고, 우리 형제가 손 들고 벌서는 일도 고로케 남는 횟수만큼이나 줄어들게 되었다.

내가 떡볶이를 싫어하는 이유는 고로케와는 다르다. 팔고 남은 오뎅은 우리집 식탁에서 재활용되었다. 된장국 미역국에도 오뎅이 들어가고, 도시락에도 언제나 오뎅이 풍년, 말려서 짭조름하게 간식처럼 먹기도 했다. 오뎅은 불어도 그럭저럭 먹을 만했고 다양한 변용도 가능했다.

하지만 떡볶이는 다르다. 먹든 버리든, 남은 건 그날 처리해야 한다. 안 팔려 퉁퉁 분 떡볶이를 날마다 저녁 대용으로 먹는다 생각해보시라. 죽고 싶지만 떡볶이는 먹고 싶었다고 잔잔한 목소리로 고백한 작가도 있지만 떡볶이집 아들은 사정이 다르다. 죽어도 떡볶이는 싫어요!

직장 다닐 때 오후 3~4시쯤 되면 '오늘의 간식'을 정하곤 했다. 떡볶이, 붕어빵, 핫도그, 호떡, 군고구마 등을 종착지로 정하고 지그재그 뱅글뱅글 사다리를 탔는데, 마지막 직선이 떡볶이를 향할 때면 내가 절망해 고개 숙였던 이유도 바로 그런 까닭이었다. "순대요! 순대도 추가요!"를 뒤늦게 목놓아 외쳤더랬지. 언젠가 외근 나갔다 회사로 돌아가는 길, 신당동 떡볶이타운 근처를 지나는데 동료가 "여길 그냥 지나칠 순 없죠." 하는 말에 내가 냉담히 선공후사(先公後私)를 강조했던 것도 내가 그리 공사가 분명하고 애사심이 투철한 인물이었기 때문만은 아니다. (우리는 사이좋게 동대문 곱창골목으로 향했다.)

지금 나는 편의점을 운영한다. 편의점에서는 고로케를 팔고, 떡볶이와 오뎅도 용기에 담아 정갈하게 판다. 핫도그, 고구마, 닭꼬치, 옥수수, 와플, 쿠키, 젤리… 간식이란 간식은 다 판다. 고로케는 크로켓, 오뎅은 어묵이라 불러야 하는 정명(正名)의 시대가 되었지만 나는 왠지 옛 이름이 정겹다. 고로케라 불러야 그 시절 푸짐한 잡채소가 있을 것만 같고, 오뎅이라 불러야 김이 모락모락 나면서 국물 맛이 진하게 감길 것 같다. 그때와 지금, 변한 것이 있고 변하지 않은 것이 있다.

가장 변한 것은 역시 위생. 손님 가운데 계산을

하곤 "안심하고 먹어도 되겠죠?" 조심히 묻는 분이 계신다. 걱정하는 마음은 넉넉히 이해하지만 지금이 어느 때라고 식품류를 함부로 다루겠나. 특히 삼각김밥 만드는 공장은 편의점 창업 전 예비 점주 교육 때 가보니 "당신이 앞으로 줄기차게 드시게 될 음식이 이렇게 위생적 환경 속에 만들어지고 있습니다." 라고 안심이라도 시켜주는 양 청결하고 쾌적했다. 머리에는 비닐모자 쓰고, 우주복같이 생긴 옷으로 갈아입고, 그러고도 모자라 소독실에 들어가 온몸의 먼지를 탈탈 털어내고 나서야 공장 안에 들어갈 수 있었다.

한편으로 변치 않은 점도 있다. 어린 날엔 떡볶이가 싫었고, 지금은 비슷한 이유로 삼각김밥을 꺼린다. 삼각김밥을 소재로 책까지 낸 편의점 주인이 삼각김밥을 싫어한다고 말하면 조금 엉뚱한 반전이지만, 유통기한 지난 삼각김밥을 매일 먹는다고 생각해보시라. 앞으로 두 시간만 지나면 저기 진열대에 있는 삼각김밥 두 개도 먹든 버리든 처분해야 한다. 세월이 지나도 먹고사는 일상의 풍경에는 풍경 밖 사람들이 모르는 그늘이 있기 마련이다.

누구에게나 사연 하나씩은 있다. 이래서 안 먹고, 저래서 싫고. 그것이 어릴 적 가업과 관련된 경우가 종종 있다. 전남 완도에서 어부의 딸로 자란 아내는 멸치를 먹지 않는다. 일부러 멀리하는 건 아니지만, 일부러 찾지도 않는다. 원래 잡으려던 녀석이 아닌데 그물에 걸린 멸치를 사시사철 말려 먹고 볶아 먹고 튀겨 먹고 무쳐 먹었다고 한다. 그러니 멸치의 멸 자만 들어도 고개가 절레절레 흔들어질 수밖에. 비슷한 이유로 처남들은 미역을 먹지 않는다. 그것도 모르고 가족 여행 갔다가 해장하라고 새벽에 북어미역국을 끓여 내놓았는데 둘 다 국에는 손도 대지 않는 것을 보고 어찌나 섭섭했던지. 하긴, 미처 생각 못한 내 잘못이지.

전남 해남에서는 고구마를 감자라고 부른다. 촉촉하고 보드라운 물고구마가 많이 나는 고장으로, 거기선 '물감자'가 물고구마다. 어릴 적 해남에서 도시로 유학 온 아이를 우리는 '물감자'라고 놀렸는데, 사실 그때 우리는 그 감자가 진짜(?) 감자인 줄만 알았다. 그래서인지, 부모가 농사짓는 해남 친구는 고구마는 물론 감자 또한 먹지 않았다. 대학생이 되어서도 그랬다. 식당에서 감자조림 반찬은 거들떠보지도 않더라. 한 번 멀리하니 영영 싫더라나.

부모의 직업 때문에 싫어지게 된 것이 어디 음식뿐이랴. 군인 아버지를 둔 후배는 '이사'를 싫어한다. 초등학교를 네댓 번 옮겼고, 지금도 이삿짐 트럭을 보면 왠지 마음이 쓸쓸하다 말한다. 헌책방집 딸이라 중고가 싫다는 친구가 있고, 화학용품 냄새 때문에 머리가 늘 어지러웠다는 세탁소집 아들이 있다. 명절이 다가오면 집안일 거들 악몽 때문에 도망가고 싶었다는 방앗간집 딸도 있다. 힘든 건 둘째고, 친구들이 엄마랑 방앗간에 찾아오는 일이 부끄러웠다고.

돌아보니 그땐 좀 그랬다. '무슨 집 자식'이라는 이유로 별명이 그렇게 지어지는 경우가 많았다. 골목에 모여 놀 때면 헌책방집 딸은 대뜸 "야, 책방!" 이렇게 불렸던 것 같고, 오락실집 아들은 분명 '뽕뽕'이었다. 세탁소집 아들을 놀릴 땐 '다리미'라 했던 것 같은데, 한때 내 별명은 '상추튀김'이었다. (내 고향에서는 튀김을 상추에 싸 먹는다.) "옷에서 기름 냄새

난다."는 놀림에 친구와 주먹질하며 싸웠던 적도 있다. 그때는 양복 입고 가방 들고 회사 다니는 번듯한 (?) 부모를 둔 아이들이 어찌나 부러웠던지….

추억의 사다리를 더듬어 올라가자면 그 시절엔 '가정방문'이라는 것도 있었다. 담임 교사가 가정 '환경'을 조사한다며 학기 초에 학생들 집을 찾아가는 일이었는데, 담임 선생님께서 우리 분식점에 오시는 날엔 지구 반대편 어딘가로 숨고만 싶었다. "선생님이 사정이 있어 이번에 너희 집은 못 가겠다." 말씀하시기만을 어찌나 기도했던지…. 가게에 딸린 단칸방 아랫목에 두툼한 방석을 펴 선생님을 모시고 엄마는 허리 숙여 공손히 오렌지 주스를 내밀었다.

그렇게 자라 오늘이 되었다. 헌책방집 딸도, 세탁소집 아들도, 이젠 다들 넥타이 매고 스커트 입고 직장에 다닌다. 부모가 가게 한구석에서 차갑게 식은 밥에 물 말아 먹으며 우리에게 바란 미래도 바로 오늘 아니었겠나. 한편 나처럼 자영업을 하는 친구도 많지만, 그때와 지금은 세상이 많이 달라진 것도 사실이다. 이제는 최소한 직업을 갖고 상대를 놀리거나 타인을 얕보는 풍토는 제법 사라진 것 같다. 지금 손님으로 편의점을 찾은 당신도 다 방앗간집 딸, 오락실집 아들 아니겠는가.

그럼에도 변치 않는 풍경이 여기 있다. 겉으로는 화려해 보이지만 밥벌이하는 삶의 고단함은 누구에게나 여전하고, 내 자식의 미래는 나보다 나았으면 하는 바람으로 오늘도 우리는 누군가에게 공손히 고개 숙인다.

지난겨울, 엄마는 갑작스레 암 판정을 받았다. 나중에 오진이었음이 밝혀졌지만, 광주에 계시던 어머니를 서울 병원으로 옮기고, 며칠 입원하고, 엄마에게는 비밀로 한 채 결과를 기다리는 사이 우리 남매는 전화를 주고받으며 눈물을 훔쳤다. 구시렁구시렁 의사를 욕하면서(한편으론 대단히 기뻐하면서) 어머니를 다시 광주에 모셔다드리며 계획에 없던 가족 모임이 이루어졌는데, "뭔 식당에 가서 돈을 쓴다냐. 집으로 가자." 하시던 어머니가 "냉장고에 먹을 것이 없다."며 분주히 만들어 내온 것은 설에 먹고 남은 떡으로 만든 떡볶이였다.

아이들은 거실에서 왁자하게 뛰놀고, 삼 남매는 떡볶이 접시 앞에 조용히 앉아 눈시울을 붉혔다. 그 시절 엄마가 우리에게 떡볶이만 먹이고 싶어 그랬던 것이 아니었으리라. 그릇이 수북이 쌓인 개수대 앞에서 남몰래 눈물 훔친 날이 많았으리라. 그 눈물이 우리를 키웠고, 그 소망이 오늘을 만들었다. 어릴 적 우리 가게 이름은 '소망분식'이었다. 막내 여동생 이름에서 땄다. 삼 남매는 건강하게 자라 각자 가정을 이뤘고, 모두 합해 여덟 자식을 낳았다. 이만하면 된 것 아닌가.

나도 이젠 의젓하게 떡볶이를 먹을 줄 아는 나이가 되었다.

017

싫어하는 음식

아니요, 그건 빼주세요

1판 1쇄 찍음　2022년 3월 25일　　띵 시리즈 앤솔러지
1판 1쇄 펴냄　2022년 4월 1일

편집　김지향 김수연 정예슬
교정교열　안강휘
디자인　박연미
미술　이미화 김낙훈 한나은 이민지
마케팅　정대용 허진호 김채훈 홍수현 이지원 이지혜 이호정
홍보　이시윤 박그림
제작　임지헌 김한수 임수아 권혁진
관리　박경희 김도희 김지현

펴낸이　박상준
펴낸곳　세미콜론
출판등록　1997. 3. 24. (제16-1444호)
06027 서울특별시 강남구 도산대로1길 62
대표전화　515-2000
팩시밀리　515-2007
편집부　517-4263　　　　　세미콜론은 민음사 출판그룹의
팩시밀리　515-2329　　　　　만화·예술·라이프스타일 브랜드입니다.
　　　　　　　　　　　　　　www.semicolon.co.kr
ISBN
979-11-92107-55-4 03810
　　　　　　　　　　　　트위터　semicolon_books
　　　　　　　　　　　　인스타그램　semicolon.books
　　　　　　　　　　　　페이스북　SemicolonBooks
　　　　　　　　　　　　유튜브　세미콜론TV

● 인생의 모든 '띵' 하는 순간,
식탁 위에서 만나는 나만의 작은 세상

**내가 좋아하는 것을 함께 좋아하고 싶은 마음,
'띵' 시리즈는 계속됩니다.**